FRANCIS LEAVY
T-REX FANTÔME, TEXAS
TULPA
ARG
GHOST
SATURNE MAUDITE ?
DÉMONOLOGIE
M.I.B.
LAVEY
666
SATANISME
ELIZA BATTLE
47
HOMMES-BÂTONS
SHIRTWOOD
LE LADY BE GOOD
OMENAINEN
ILE D'ALCATRAZ
VOITURES HANTÉES
DÉJÀ RÊVÉ DE LUI?
COLONIE DISPARUE
ÎLE DE LA MORT
ZOLTAR
BEN

Aux fantômes.

Merci à David Clarke, Hayley Stevens et Philippe Baudouin pour leurs conseils occultes.
Une immense gratitude aux elfes de Nobrow pour leur sagesse et leur travail acharné.

— Adam Allsuch Boardman

Pour mon fils Auguste, futur chasseur de fantômes.

Merci à Garance et la formidable équipe de La Martinière.
Merci également à Émilie Notéris pour ses conseils avisés, ainsi qu'à Christelle qui est devenue, un peu malgré elle, spécialiste des fantômes en partageant mon quotidien.

— Philippe Baudouin, traducteur

Pour l'édition originale, publiée en anglais en 2022
sous le titre *An Illustrated History of Ghosts* :

Consultants : Dr David Clarke et Hayley Stevens

Conforme à la loi n° 49-956 du 16 juillet 1949
sur les publications destinées à la jeunesse.
ISBN : 979-10-401-1824-4
Dépôt légal : mars 2024

Achevé d'imprimer en novembre 2023 en Pologne

www.editionsdelamartiniere.fr

MIXTE
Papier | Pour une gestion forestière responsable
FSC® C163799

ADAM ALLSUCH BOARDMAN

UNE HISTOIRE ILLUSTRÉE DES FANTÔMES

Préface et traduction de l'anglais par Philippe Baudouin

LA MARTINIÈRE
JEUNESSE

PRÉFACE

Nul besoin, comme dans les contes, que le ciel s'obscurcisse ou que le vent siffle pour les apercevoir, les spectres sont désormais omniprésents dans nos vies et sur nos écrans. Qu'ils proviennent de mondes inconnus ou de notre imagination, force est de constater qu'ils continuent d'interroger nos convictions les plus profondes. Situés à mi-chemin entre la réalité et la fiction, les fantômes ont traversé les civilisations et les âges sans faiblir, comme le montre très justement Adam Allsuch Boardman, et représentent ainsi la croyance la plus universelle qui soit.

Demandez à quelqu'un de vous dessiner un fantôme et vous obtiendrez sans surprise une silhouette drapée de blanc. Ancrée depuis des siècles dans notre culture, cette représentation hérite des rituels mis en place depuis le Moyen Âge lors des enterrements : avant d'être inhumé, le corps du défunt était enveloppé dans un drap clair, souvent celui de son lit de mort, qu'on appelait « linceul ».

La tradition du linceul, remplacé au cours du XIXᵉ siècle par le cercueil, a contribué à diffuser cette inquiétante représentation tout en facilitant la visualisation des fantômes. Car s'il est un problème de taille que doivent résoudre ces derniers, c'est bien celui de leur visibilité. Contrairement aux autres créatures d'outre-tombe telles que les zombies et autres morts-vivants, ils ne sont pas des corps sans âme mais plutôt des âmes sans corps. « Désincarnées », c'est-à-dire dépourvues de chair, ces âmes errantes sont invisibles et doivent donc trouver le moyen d'apparaître aux vivants afin de leur délivrer un message.

La peur suscitée par des draps blancs peut devenir une arme redoutable. À l'automne 1803, alors que la rumeur enfle autour d'un prétendu fantôme rôdant dans les rues de Londres, le policier Francis Smith ouvre le feu et tue par erreur Thomas Millwood, plâtrier de métier, qui avait le malheur de porter encore ses vêtements blancs à la fin de sa journée de travail. Et que dire du Ku Klux Klan ? Au lendemain de la guerre de Sécession, les membres de cette société secrète américaine connue pour ses crimes racistes se livrent à des attaques contre les populations noires récemment affranchies. Ces partisans de l'esclavagisme commettent les pires exactions, coiffés de simples taies d'oreillers trouées, et sèment la panique en propageant l'idée qu'une armée de spectres vengeurs est en marche.

À la fin du XIXe siècle, avec l'avènement du spiritisme, les figures spectrales font irruption, toujours affublées de leurs draps blancs, au milieu de salons bourgeois, lors de séances organisées par les médiums. Désormais, l'heure semble être à l'entente cordiale. Certains fantômes se laissent approcher ou prennent volontiers la pose devant l'objectif des expérimentateurs, donnant à voir d'étranges ectoplasmes blanchâtres qui se transforment parfois en d'élégantes figures humaines. Croyants et sceptiques rivalisent alors d'ingéniosité pour tantôt obtenir la preuve par l'image de ces apparitions, tantôt contester leur authenticité : des savants reconnus comme le criminologue italien Cesare Lombroso ou le prix Nobel de médecine Charles Richet affirment publiquement croire en l'existence des fantômes, tandis que d'autres, plus prudents, tel Sigmund Freud, cherchent à expliquer rationnellement l'origine de ces apparitions drapées comme une réminiscence de l'enfance, quand les parents venaient surveiller la nuit leur progéniture, revêtus de pyjamas blancs.

Si aujourd'hui de tels débats peuvent nous paraître absurdes, ils sont toutefois révélateurs d'une chose : les fantômes, par la terreur et la fascination qu'ils inspirent, révèlent sous diverses formes nos craintes et nos espoirs ; ils permettent de réinvestir l'espace du merveilleux, en offrant la possibilité aux vivants de maintenir un lien avec leurs chers disparus.

Ci dessus :
John K. Hallowell - Photographie spirite © Library of Congress

À gauche :
Image de fantôme obtenue par le procédé de double exposition (1899) © The National Archives UK

Philippe Baudouin

Traducteur et maître de conférences associé en Sciences de l'information et de la communication à l'université Paris-Saclay, auteur du livre *Apparitions, les archives de la France hantée* (Hoëbeke, 2021).

SOMMAIRE

INTRODUCTION

Depuis que nous nous sommes mis à graver des mots sur des tablettes, nous avons formé des alliances avec les fantômes. Qu'il s'agisse de vieilles femmes grisonnantes et lugubres ou de cauchemars rampants, les fantômes adoptent une grande variété de formes et de tailles.

Ils hantent nos histoires, depuis Enkidu, l'ami de Gilgamesh, jusqu'à l'improbable rencontre entre Peter Venkman et Bouffe-tout dans le film *SOS Fantômes* (1984).

Mais pourquoi croit-on aux fantômes ? Pour certains, cette croyance s'ancre dans des traditions forgées par les mythes et légendes. Mais elle se nourrit également de tout ce qui relève de l'inexplicable. Chaque fois qu'un bruit mystérieux se fait entendre ou qu'une apparition pointe son nez, on suppose qu'il est question de fantôme.

La chasse aux fantômes a donné naissance à une panoplie de gadgets clignotants, à de curieuses théories et à l'afflux constant de touristes dans certains lieux hantés. D'intrépides enquêteurs et médiums ont alors parcouru les vieux châteaux, les cimetières et les forêts lointaines.

Ce livre rassemble de nombreux mythes, légendes et curiosités qui accompagnent le phénomène des fantômes. J'espère que vous poursuivrez votre lecture ou que vous vous lancerez vous-même dans la chasse aux fantômes, muni d'une torche et d'une boisson chaude.

QU'EST-CE QU'UN FANTÔME ?

Les fantômes sont considérés comme les esprits des morts qui rôdent souvent autour des lieux marquants de leur vie passée. Étymologiquement, le terme « fantôme » vient du grec ancien *phántasma* qui signifie « apparition, hallucination visuelle ».

De tous temps, de nombreuses personnes ont rapporté avoir vu des fantômes. Ces rencontres prennent des formes diverses, allant des apparitions de goules fugaces et lumineuses aux vaisseaux fantômes bravant des mers déchaînées. Outre les récits contemporains, les fantômes sont relayés par les mythes et les légendes.

Légendes

Les légendes sont des histoires relatives à des personnes et à des lieux, authentiques ou non, mais qui sont souvent validées par la population.

Mythes

Les mythes sont des histoires fortement attachées à un système de croyances, comme la Bible ou les mythes de la Grèce antique. Ils peuvent se développer pendant des milliers d'années et sont souvent convoqués pour expliquer des phénomènes mystérieux

Typologie des fantômes

En raison des nombreuses interprétations et définitions culturelles, les traits de caractère des fantômes peuvent prêter à confusion. Le chercheur anglais Peter Underwood a classé les fantômes et autres esprits en groupes bien distincts :

Élémentaires
Il s'agit d'un large éventail d'esprits de la nature, tels que les nymphes, les gnomes ou encore les elfes.

Poltergeist
En allemand, ce mot signifie « esprit frappeur ». Ces fantômes sont de nature théâtrale et prennent un malin plaisir à lancer des objets.

Fantômes traditionnels
Esprits des morts qui sont agités et parfois bavards.

Empreintes psychiques
Apparitions laissées dans le monde matériel par des événements historiques.

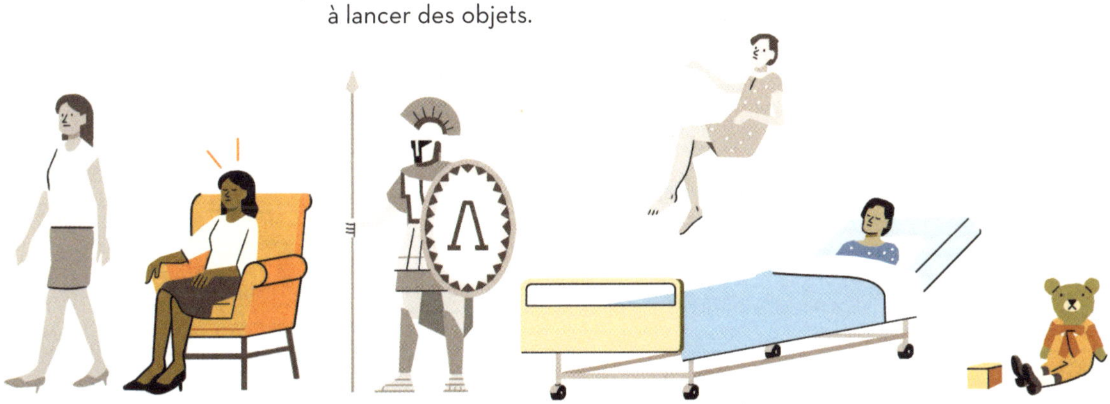

Apparitions de mourants
Personnes proches de la mort apparaissant à leurs amis et leur famille.

Voyageurs temporels
Fantômes qui voyagent dans le temps, comme l'apparition soudaine d'une scène historique.

Fantômes de vivants
Projections mentales réalisées par des médiums.

Objets hantés
Objets présentant une activité fantomatique.

QU'EST-CE QU'UNE HANTISE ?

Lorsque l'on pense que des fantômes sont présents dans une habitation, on parle de « hantise ». Traditionnellement, on croit que les fantômes hantent les lieux où ils sont morts ou ceux qui ont été marquants au cours de leur vie.

Des personnes ont été témoins de nombreuses expériences étranges qu'elles ont attribuées à une hantise.

1. **Apparition**
Figure spectrale complète ou partielle.

2. **Apport**
Apparition soudaine d'objets.

3. **Interférence électrique**
Diminution de l'intensité lumineuse et dysfonctionnement des appareils électroménagers.

4. **Écriture fantôme**
Messages écrits apparaissant sur les murs et les miroirs d'une habitation.

5. **Coups et bruits de pas**
Bruits dont l'origine est inconnue.

6. **Animaux bizarres**
Comportement étrange d'animaux, comme un chien aboyant dans une pièce vide.

7. **Musique fantôme**
Mélodie provenant de nulle part.

8. **Voix**
Chuchotements et conversations d'interlocuteurs invisibles.

9. **Courants d'air inexpliqués**
Froideur inhabituelle d'une pièce.

10. **Taches fantômes**
Apparition de taches ou de traces sur les meubles et les murs.

11. **Blessures anormales**
Bosses, ecchymoses et autres blessures dues à l'activité d'un Poltergeist.

12. **Lévitation**
Objets qui semblent flotter dans les airs ou se déplacer de leur propre chef.

13. **Possession**
Personne ou objet sous l'emprise d'un esprit malveillant.

14. **« Étrangeté élevée »**
Rencontres comme sorties d'un rêve.

L'ENQUÊTE SCEPTIQUE

Lorsque les preuves de supposées manifestations paranormales sont examinées en détail plutôt que d'être admises sur la bonne foi des témoins, on parle d'« enquête sceptique ». Tout au long de l'histoire, des sceptiques ont enquêté sur des cas de hantises afin d'en fournir des explications scientifiques.

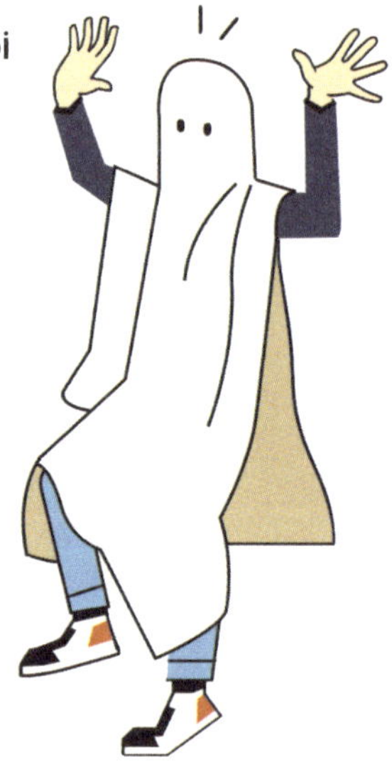

Fondations branlantes
Les bâtiments dont les fondations sont endommagées peuvent trembler et émettre des bruits étranges.

Plomberie
Les tuyaux et les chaudières sont réputés pour produire toutes sortes de sons bizarres suggérant la présence d'un fantôme.

Canulars
Les gens simulent la présence de spectres pour différentes raisons, de la simple plaisanterie à l'appât du gain.

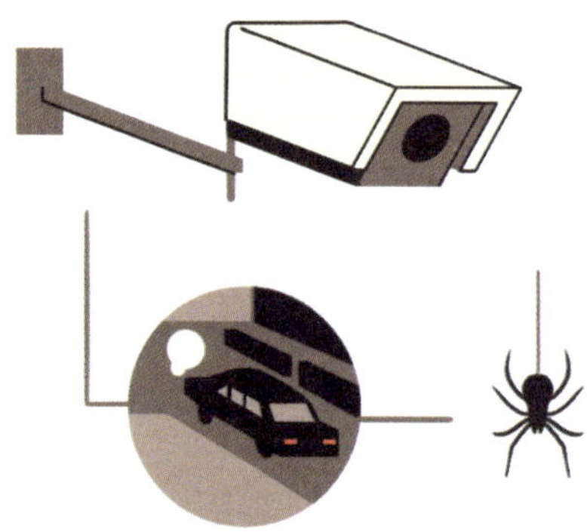

Hallucinations
Elles peuvent être causées par des traumatismes crâniens ou certaines maladies mentales.

Bébêtes
Les araignées, les mouches et autres bestioles sont parfois prises pour des fantômes lorsqu'elles se promènent sur l'objectif d'un appareil photo ou d'une caméra.

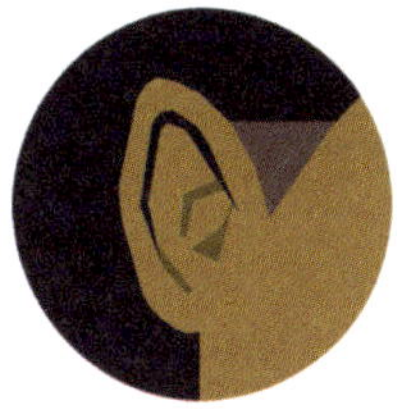

Illusions d'optique
Les jeux d'ombre et de lumière donnent parfois l'impression d'être des fantômes.

Infrasons
Des études ont montré que les sons de basse fréquence pouvaient provoquer des malaises, des vertiges et des nausées.

Paréidolie
Cette hallucination visuelle, quand on reconnaît une forme dans un nuage par exemple, est produite par notre cerveau, qui donne du sens à un motif aléatoire.

Paralysie du sommeil
Trouble du sommeil où la personne croit se réveiller mais ne parvient pas à bouger. Elle peut ressentir un poids sur sa poitrine et être sujette à des hallucinations.

Biais de confirmation
Tendance de l'esprit humain à rechercher en priorité les informations qui confirment sa manière de penser et à négliger tout ce qui pourrait la remettre en cause. Une croyance dans le paranormal peut ainsi conduire les témoins à ignorer d'autres explications.

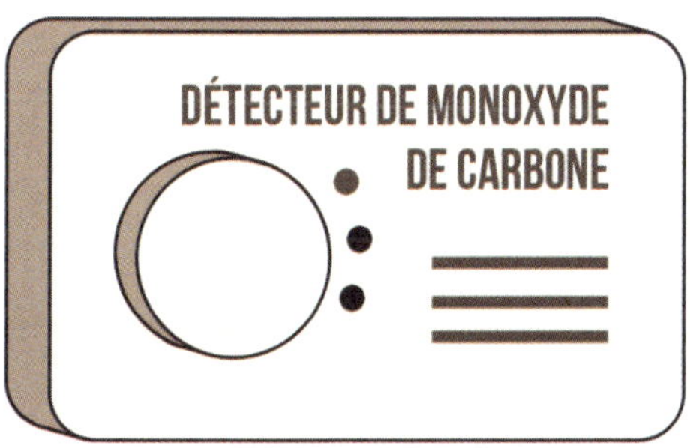

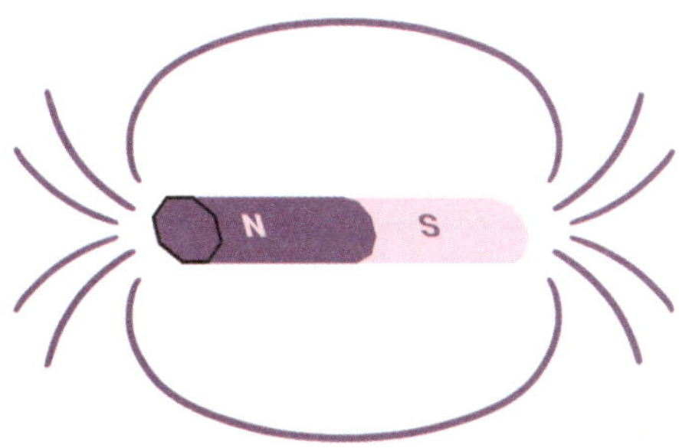

Monoxyde de carbone (CO)
L'inhalation de ce gaz toxique peut provoquer des vertiges et des hallucinations.

Champs électromagnétiques (CEM)
Les effets des CEM sur l'homme sont très controversés. Certains pensent que des niveaux élevés de CEM peuvent créer des sensations de malaise et de désorientation.

ÉPOQUE PRÉMODERNE

Plus ancienne image d'un fantôme,
tablette d'argile babylonienne (vers 1500 av. J.-C.).

L'APRÈS-VIE

Dans de nombreuses mythologies, les fantômes étaient considérés comme les âmes des morts qui avaient échappé à la « vie après la mort ». Selon la tradition, des pratiques funéraires méticuleuses favorisaient le voyage vers l'au-delà. Les plus anciennes sépultures découvertes datent de 100 000 ans, dans des grottes où les corps ont été enterrés avec des objets et de la nourriture.

Enveloppe spirituelle

Pour les Égyptiens de l'Antiquité, le corps et l'âme restaient liés après la mort. Afin de faciliter leurs activités dans l'au-delà, ils garnissaient les tombes de nourriture et d'outils. Les plus fortunés conservaient leurs morts par momification. Ce processus impliquait l'ablation des organes internes et l'utilisation d'onguents et d'enveloppes pour retarder la décomposition.

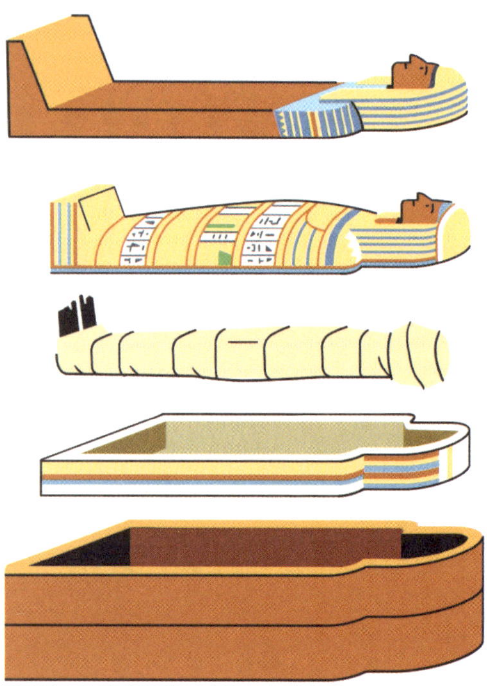

Momie du prêtre thébain Osirmose.

Le monde souterrain

Les Grecs de l'Antiquité croyaient que les esprits des défunts étaient des ombres, l'écho de leur forme charnelle. Ils enterraient leurs morts avec une pièce de monnaie pour payer la traversée du fleuve des Enfers. On pensait que si Charon, le passeur, n'était pas satisfait, il laissait les âmes sur la berge, errantes, ce qui les conduisait alors à hanter les vivants.

Psychopompes
Dans la mythologie aztèque, le dieu Xolotl aide les fantômes à se rendre dans les mondes souterrains. Celui qui accomplit cette tâche est appelé « psychopompe » (en grec, « conducteur d'âme »). Les Aztèques associaient Xolotl à la race de chien xoloitzcuintle. Des chiens et des figurines canines étaient enterrés aux côtés de leurs maîtres pour les accompagner dans leur voyage dans l'au-delà.

Les parties de l'âme
Dans la Chine ancienne, on pensait que l'âme était composée de deux parties, le Hun (âme-nuage) et le Po (âme-squelette). Le Hun était censé quitter le corps à la mort, tandis que le Po demeurait dans le cadavre. Sous la dynastie Han (206 av. J.-C.-220 apr. J.-C.), les nobles étaient enterrés dans des costumes de jade afin de préserver leur Po.

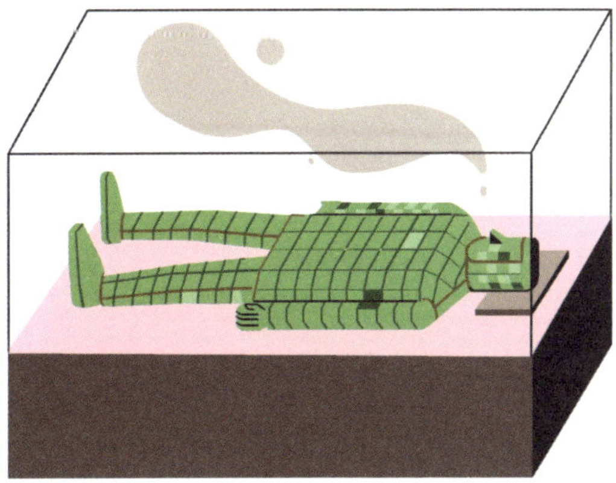

Tourment subi par les âmes des défunts tel que l'imaginaient les artistes de la Renaissance.

Le purgatoire
Pour les catholiques, le purgatoire est le lieu où les âmes des baptisés se purifient de leurs péchés avant d'accéder au paradis. Selon certains, une âme peut revenir sur Terre et apparaître aux vivants afin qu'ils la délivrent par de bonnes œuvres et des prières.

LES HANTU

En Indonésie, en Malaisie et dans les régions voisines, le peuple malais a développé de nombreux mythes sur les fantômes, appelés « Hantu ». Les Hantu sont censés être ouverts à la négociation par le biais de rituels et d'offrandes. Dans certains cas, les services d'un fantôme peuvent même être achetés.

Les *bomoh*
Les *bomoh*, experts en esprits, sont spécialisés dans la négociation avec les fantômes, qui peuvent guérir ou au contraire infliger une maladie, moyennant paiement.

Pontianak
Fantôme malfaisant d'une femme morte en couches.

Toyol
Esprit d'un enfant en bas âge. On peut le charger de commettre des larcins.

Hantu Tetek
Fantôme ressemblant à une sorcière à la poitrine imposante qui enlève les enfants.

Hantu Jamuan
Trouble-fête, ce fantôme joue des tours aux humains tant qu'on ne lui offre pas un repas.

Hantu Kembung
Associé à la pluie, ce fantôme provoque des maux de tête et d'estomac.

LES DUPPIES

Dans les Caraïbes, les fantômes qui s'agitent sont appelés « duppies ». Cette croyance provient de l'Afrique de l'Ouest. Les duppies adoptent de nombreuses formes, humaines et animales. D'après la légende, ce sont des farceurs, capables de causer des blessures, voire la mort. Plusieurs méthodes traditionnelles sont censées déjouer leurs ruses, notamment le fait de porter ses vêtements à l'envers, de manger du sel ou encore de déposer du rhum sur les tombes.

Rolling Calf
Fantôme d'une personne malveillante à l'apparence souvent de bovin, aux narines fumantes et aux yeux rouges.

L'enfant aux yeux rouges
Enfant duppy aux yeux rouges et à l'haleine mortellement chaude.

Oiseaux, serpents et lézards
Dans certains cas, les duppies adoptent la forme d'animaux familiers.

River Mumma
Duppy aquatique connu pour attirer les gens dans les profondeurs.

INVITÉS FANTÔMES

Dans bien des cultures, des groupes de fantômes se rendent souvent dans le monde des vivants. Certaines considèrent cela comme un mauvais présage, d'autres accueillent ces invités dans le cadre de fêtes.

La Santa Compaña

Depuis l'Antiquité, au Portugal et en Espagne, des légendes parlent de processions nocturnes de fantômes connues sous le nom de *Santa Compaña* (la « Sainte Compagnie »). Leurs membres portent des cagoules blanches pour dissimuler leurs traits squelettiques et sont guidés par un habitant de la région. On dit que ce dernier se réveille le jour suivant épuisé mais sans aucun souvenir de cette marche macabre.
Celle-ci n'est pas sans évoquer l'Ankou, dans la mythologie bretonne, qui collecte les âmes des défunts dans sa charrette. L'entendre grincer est un signe annonciateur de mort.

Selon la tradition, il existe plusieurs moyens d'éviter d'être enrôlé dans la procession, notamment en dessinant des symboles de protection ou en offrant un chat noir.

Chasse fantastique

Les apparitions qui mènent une poursuite sauvage dans un fracas de tempête figurent dans nombre de légendes européennes. Ces hordes de spectres peuvent être des meutes de chiens ou des cavaliers fantômes.

Fêtes des Fantômes
Depuis des siècles, les fêtes des Fantômes sont célébrées dans plusieurs pays tels que la Chine, la Malaisie et le Viêtnam. Dans la culture taoïste, la fête de Zhongyuan a lieu le quinzième jour du septième mois lunaire. Elle trouve son origine dans l'ancienne croyance bouddhiste selon laquelle les fantômes des ancêtres remonteraient chaque année des enfers. Pendant cette période, les croyants accueillent les défunts par toute une série de coutumes.

Roi fantôme
Une grande effigie du roi des fantômes se trouve au centre de nombreuses célébrations. L'effigie est traditionnellement brûlée après la présentation d'offrandes, l'allumage de bougies et la combustion d'encens.

Au premier rang
Pendant les festivités, des places sont réservées au premier rang aux esprits des défunts. Si un vivant s'assoit sur l'un de ces sièges, cela lui portera malheur.

Papier à offrande
En guise d'offrande au défunt, on brûle du papier souvent décoré de sceaux, de timbres ou qui imite les billets de banque, afin que le mort ait ce dont il a besoin dans l'au-delà.

Lumières, sons et odeurs
L'encens, les lanternes et les chants monastiques sont utilisés pour guider les fantômes le long des rues et des rivières.

CÉLÉBRATIONS SAISONNIÈRES

Deux des plus célèbres fêtes des morts, Halloween et le jour des Morts, ont lieu à la même période de l'année. Cela s'explique par le fait qu'elles se sont développées à partir des fêtes catholiques de la Toussaint. Pour autant, chaque célébration possède des traditions distinctes, dont certains éléments trouvent leur source dans des fêtes préchrétiennes.

Le jour des Morts

Au Mexique, le jour des Morts (*Día de los Muertos*) est célébré les 1er et 2 novembre. Cela consiste à joyeusement honorer les défunts qui rendent visite à leurs proches par de la musique, des bougies, des fleurs, de la nourriture et des décorations attrayantes.

L'apparence des morts

Les *calaveras*, représentations populaires de crânes humains dans la culture mexicaine : figurines, têtes de mort en sucre, maquillage des visages pour les festivités. Les historiens font remonter leur origine à d'anciens rituels aztèques et européens. L'imagerie contemporaine des *calaveras* est fortement influencée par le travail de l'illustrateur mexicain de la fin du XIXe siècle José Guadalupe Posada.

Autels

Les autels (*ofrendas*) sont décorés de nourriture et de pétales lumineux pour attirer les fantômes errants. On pense que les odeurs agréables et familières attirent les âmes vers les maisons de leur famille et de leurs amis.

Halloween
À l'origine, Halloween était une fête européenne que l'on célébrait la veille de la Toussaint. Selon certains, elle aurait remplacé une fête celtique païenne appelée « Samain », qui marquait le début de la saison sombre de l'hiver et était associée, dans la culture irlandaise, au surnaturel, les frontières entre le monde des vivants et l'autre monde s'ouvrant.

Un bonbon ou un sort
À Halloween, les enfants costumés vont de porte en porte réclamer des friandises. Cette tradition du déguisement trouve son origine dans les pratiques de Samain, où les gens portaient des peaux d'animaux pour éloigner les esprits. Parmi les autres traditions courantes, citons les décorations gothiques des maisons et les citrouilles-lanternes.

Une citrouille d'Halloween.

Costumes typiques d'Halloween.

LES HANTISES À TRAVERS L'HISTOIRE

Outre les mythes et légendes, certains individus ont rapporté avoir vu des fantômes. Si le plus ancien de ces témoignages remonte à la Grèce antique, il est probable que de nombreuses expériences aient été oubliées ou soient entrées dans la légende par le biais de la tradition orale.

Apparition athénienne

Athènes, Grèce, Ier siècle avant notre ère

Le cas le plus ancien de hantise connu est relaté dans une lettre datée du Ier siècle de notre ère. Son auteur, le Romain Pline le Jeune, raconte avec une certaine malice que les locataires d'une maison d'Athènes mouraient de peur après avoir entendu des bruits étranges et assisté à l'apparition d'un fantôme. Mais fort heureusement, le philosophe stoïcien Athénodore de Tarse loua la maison et calma la colère du fantôme en offrant à son cadavre une sépulture digne de ce nom.

Tambour de Tedworth

Tedworth, Angleterre, vers 1661-1663

En 1661, le propriétaire terrien John Mompesson fut victime de l'un des premiers cas de Poltergeist signalés en Angleterre. Les phénomènes auxquels il assista se caractérisaient par des bruits de tambour et des déplacements d'objets autour de sa maison. La hantise attira des visiteurs de tout le pays, dont l'ecclésiastique Joseph Glanvill.

Des marques de griffures ont été découvertes dans la suie.

Le premier chasseur de fantômes

En menant son enquête sur cette maison hantée, Glanvill devint l'un des premiers chasseurs de fantômes. Son *Essai philosophique visant à démontrer la réalité des sorcières et des apparitions*, mieux connu sous le titre *Saducismus Triumphatus* (1683), relate son expérience à Tedworth parmi d'autres phénomènes surnaturels. Plus tard, les sceptiques suggérèrent que la fille de Mompesson était à l'origine du canular. Que cette accusation soit fondée ou non, la responsabilité des enfants dans ce type de manifestations est souvent pointée par les sceptiques.

Malgré toute cette agitation, personne n'observa réellement de fantôme.

Joseph Glanvill.

LES DÉMONS

Dans les mythes et légendes, les démons sont des esprits associés au mal ou au diable. Bien qu'elle soit par nature différente de celle des fantômes traditionnels, l'action des démons peut parfois y ressembler, lorsqu'ils déplacent des objets ou émettent des sons bizarres par exemple.

Anciens dieux
La mythologie chrétienne présente une galerie haute en couleur de démons, chacun étant considéré comme un ange déchu. Nombre de leurs noms renvoient à des croyances antérieures à la Bible, comme Moloch, divinité représentée par un homme à tête de taureau.

Les illusionnistes
Dans l'Islam, les djinns englobent une grande variété de forces paranormales, le plus souvent associées à des esprits malveillants. Ils peuvent prendre forme animale ou humaine.

Déguisement démoniaque
Au XVIe siècle, les réformateurs protestants rejetèrent le concept catholique du purgatoire et des fantômes. Ils enseignaient que c'était le diable et ses démons qui étaient responsables des hantises. La croyance populaire aux fantômes resta cependant bien ancrée.

Masque de démon théâtral japonais.

Statuette mésopotamienne de démon.

Yaksha, gardien de temple thaïlandais.

COMMUNIQUER AVEC LES ESPRITS

Depuis des milliers d'années, les hommes tentent de communiquer avec les esprits au moyen de rituels magiques. Ils procèdent de deux manières : l'invocation et l'évocation. L'invocation invite un esprit à posséder quelqu'un, tandis que l'évocation encourage un esprit à apparaître dans un endroit approprié, tel qu'un salon ou un donjon.

Les invocateurs croient que les fantômes peuvent aider à guérir des maladies, transmettre des connaissances ou même attaquer des ennemis.

Les noaidis

Autrefois, chez les Samis d'Europe du Nord, ceux qui communiquaient avec le monde des esprits étaient appelés « noaidis ». Ils imploraient les esprits pour que la chasse soit fructueuse ou la météo favorable.

Les Jhākri

Au Népal, ceux qui communiquent avec les esprits sont appelés « Jhākri ». Lors de leurs rituels, ils brandissent un tambour appelé « dhyāngro ». Outre les bénédictions et les remèdes magiques, ils sont sollicités pour invoquer les fantômes des anciens.

Les mudangs

Dans la culture coréenne, les chamans, qu'on appelle « mudangs », sont principalement des femmes. Au cours de leurs rituels, elles s'adonnent, vêtues de magnifiques costumes, à des danses spectaculaires.

« Chamans en plastique »

Parfois, des personnes étrangères s'approprient et détournent les pratiques traditionnelles. Les militants amérindiens les surnomment « chamans en plastique ».

FORTIFICATIONS BIZARRES

Les châteaux sont les sites privilégiés des fantômes. Les batailles pour les conquérir, leurs donjons obscurs, leurs habitants célèbres en font de parfaits théâtres pour les histoires de revenants.

Château de Himeji

Himeji, Japon, vers le XIVe siècle

Le château de Himeji, situé dans le sud du Japon, abriterait plusieurs fantômes derrière ses murs blancs. Selon une légende, la servante Okiku y aurait été assassinée après avoir refusé les avances de son maître. Ce dernier l'aurait accusée à tort d'avoir volé l'une de ses dix assiettes précieuses puis jetée dans un puits. Depuis, on entendrait les lamentations de son fantôme comptant les assiettes... D'autres récits racontent que l'esprit d'Okiku serait sorti du puits pour se venger de son meurtrier. Cela a probablement été une source d'inspiration pour l'auteur du roman horrifique *Ring* (1991) et ses adaptations cinématographiques.

Fort de Bhangarh

Rajasthan, Inde, vers le XVIe siècle

On raconte que ce château serait hanté suite à la malédiction d'un sorcier en colère.

Château de Zvíkov

Zvíkovské Podhradí, République tchèque, vers le XIIIe siècle

Hanté par un fantôme qui s'attaque aux appareils électroniques et aux animaux.

Château d'Édimbourg

Édimbourg, Écosse, vers le XIIe siècle

Ce château est réputé pour être le plus hanté du Royaume-Uni.

Château de Predjama

Postojna, Slovénie, vers le XIIIe siècle

La légende raconte que le fantôme du chevalier Érasme erre dans ce château après avoir été assassiné dans les toilettes.

Château de Houska

Blatce, République tchèque, vers le XIIIe siècle

Plusieurs récits rapportent que ce château aurait été construit sur une porte de l'enfer.

Château de Kinnitty

Kinnitty, Irlande, vers le XIXe siècle

Dernier château construit sur un terrain occupé depuis plus d'un millénaire. On le croit hanté par toutes sortes de fantômes.

CONJURER LES ESPRITS

La croyance dans les fantômes et les mauvais esprits a incité de nombreuses cultures à prendre des mesures de protection. Les pratiques se présentent sous différentes formes, allant des amulettes aux rituels magiques. La « magie apotropaïque » est destinée à détourner le mal et les mauvaises influences dont une personne serait victime.

Éfrits
Dans l'Égypte ancienne et les régions voisines du Moyen-Orient, certains croyaient que les lieux des meurtres étaient hantés par des esprits vengeurs appelés « éfrits ». Dans certaines pratiques, des clous étaient plantés sur les lieux pour apaiser l'esprit.

Lémures
Durant l'Antiquité, les Romains qualifiaient de « lémures » les fantômes vengeurs. Lors des fêtes nommées Lémuries, ils éloignaient ces mauvais esprits grâce à des rituels bruyants et en lançant des fèves noires par-dessus leur épaule.

Tête de gorgone
Afin d'effrayer les mauvais esprits, les monuments de la Grèce antique arboraient souvent des représentations de gorgones. On retrouve ces monstres de la mythologie grecque dans des sculptures, des céramiques et des mosaïques.

Toile d'araignée

L'une des traditions des Ojibwés d'Amérique du Nord consiste à fabriquer des talismans en forme de toile d'araignée pour capturer les mauvais esprits et les cauchemars. Aujourd'hui, on qualifie ces objets d'« attrape-rêves ».

Gargouilles

En Europe, au Moyen Âge, les églises et les châteaux étaient ornés de sculptures effrayantes. Ces visages lugubres étaient censés les protéger des démons. Les gargouilles (à ne pas confondre avec les chimères, qui ne sont que décoratives) permettaient également d'évacuer l'eau de pluie.

Fer à cheval

Une ancienne tradition consiste à accrocher un fer à cheval au-dessus des portes pour éloigner les mauvais esprits. En Europe, cette pratique a été associée au christianisme au Xe siècle, en réponse à une légende selon laquelle l'évêque anglais Dunstan aurait déjoué le diable avec un fer à cheval.

Le mauvais œil

Originaire des traditions de la Méditerranée et du Moyen-Orient, le mauvais œil est une malédiction dirigée vers une personne. Pour s'en prémunir, l'un des objets les plus courants de la magie apotropaïque est l'amulette. Souvent en forme d'œil, elle protège aussi contre les fantômes.

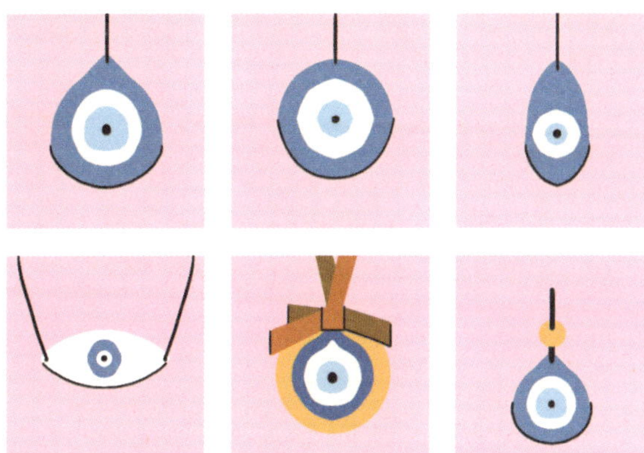

LE FANTÔME DE COCK LANE

Cock Lane

Londres, Angleterre, 1762

L'une des plus célèbres hantises britanniques se déroula dans un appartement londonien du XVIIIe siècle. Après le décès de Fanny Lynes, son fantôme (surnommé « Fanny la gratteuse ») se fit connaître par ses nombreux grattements et coups frappés pour communiquer avec les vivants.

Les vantardises de Richard Parsons, le propriétaire des lieux, attirèrent la curiosité de nombreux visiteurs parmi lesquels l'homme politique Horace Walpole et le prince d'York. Le fantôme opposa l'Église méthodiste, qui croyait aux entités surnaturelles, à l'Église anglicane, qui y voyait un reliquat du catholicisme et luttait contre cette superstition.

Les reportages publiés dans la presse et le chaos qui régnait dans la rue incitèrent un comité d'intellectuels à enquêter. Samuel Johnson, qui en fut l'un des membres, affirma que ce n'était en réalité qu'une supercherie exécutée par la fille de Parsons.

Cette hypothèse fut confirmée par la découverte sur la jeune fille d'un morceau de bois sans doute employé pour produire les fameux bruits du fantôme. Lors d'un procès retentissant, Richard Parsons fut reconnu coupable d'avoir diffamé le veuf de Fanny et fut condamné à deux ans de prison.

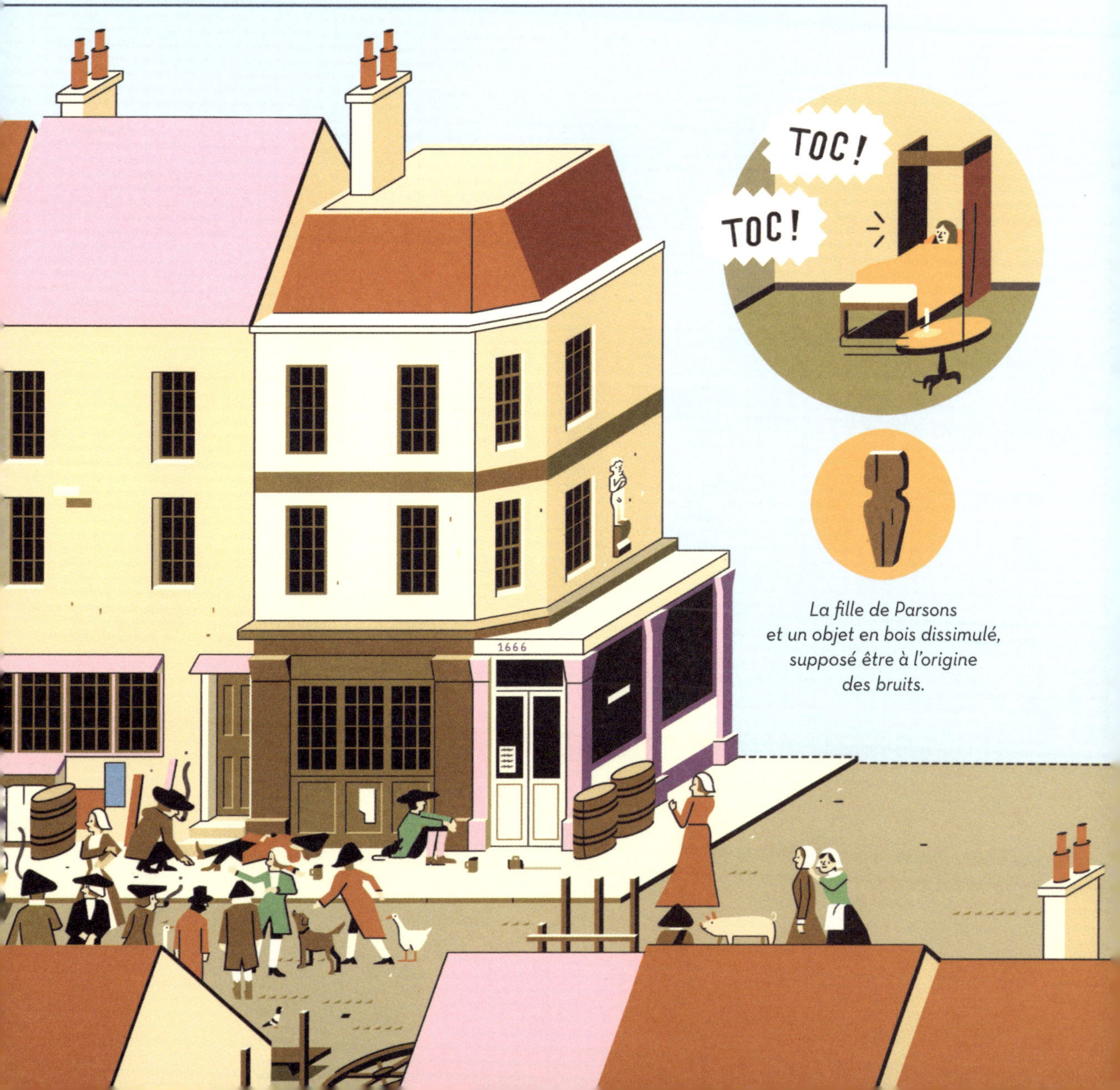

La fille de Parsons et un objet en bois dissimulé, supposé être à l'origine des bruits.

LE XIXe SIÈCLE

Yūrei, gravure sur bois de (vers 1850).

LE SPIRITUALISME

Au lendemain de la terrible guerre de Sécession, les familles endeuillées américaines cherchaient par tout moyen à atténuer leur chagrin. Un mouvement religieux connu sous le nom de « spiritualisme moderne » prit alors une importance considérable dans tout le pays.

Maggie Fox

Kate Fox

Leah Fox

Les sœurs Fox

Hydesville, New York, États-Unis, 1848

Les spiritualistes souhaitaient avant tout établir un contact avec les esprits lors de leurs séances. Celles-ci furent popularisées par les sœurs Fox originaires de l'État de New York. À partir de 1848, Maggie et Kate Fox entreprirent une tournée à travers le pays en tant que médiums (du latin, « milieu »). Leurs performances publiques étaient l'occasion de délivrer de supposés messages d'outre-tombe en interprétant des coups apparemment fantomatiques.

Harcèlement

Certains adversaires du mouvement tentèrent de démasquer les sœurs Fox lors de fouilles au corps particulièrement intrusives. Elles étaient alors des adolescentes. Comme d'autres médiums, elles furent souvent harcelées par des « démystificateurs » pervers pour qu'elles se déshabillent. Le stress causé par les tournées et les examens auxquels elles se soumettaient entraîna une dépendance à l'alcool et la rupture de leurs liens familiaux. En 1888, un journaliste offrit à Maggie la somme de 1500 dollars pour qu'elle avoue leur supercherie : elle reconnut que les bruits de coups étaient en réalité obtenus par le craquement de ses articulations.

Le spiritisme

Le spiritualisme moderne devint une entreprise rentable pour les médiums et était particulièrement populaire parmi les classes moyennes blanches d'Amérique. Ce mouvement s'exporta rapidement en Europe. Il fut alors théorisé et codifié par le Français Allan Kardec qui lui donna le nom de « spiritisme ».

Spiritualistes célèbres

Arthur Conan Doyle, écrivain

Victoria Woodhull, femme politique

W.B. Yeats, poète

William Frank Taylor, prêtre

Lieu de naissance du spiritualisme moderne

Un monument et un petit musée marquent l'endroit où les sœurs Fox vécurent à Rochester. On peut y lire l'inscription suivante : « La mort n'est pas, il n'y a pas de morts ».

La Société théosophique

Dans les années 1870, l'occultiste d'origine ukrainienne Helena Blavatsky développa une doctrine appelée « théosophie ». Elle communiquait avec ce qu'elle appelait des « maîtres de sagesse ». Contrairement aux fantômes ordinaires des morts, ces derniers étaient considérés comme des mortels qui réussissaient à séparer l'âme de leur corps grâce à l'illumination.

LA MÉDIUMNITÉ

À l'apogée du spiritisme, les médiums étaient très sollicités par les organisateurs d'événements privés et de spectacles. Leurs séances se déroulaient dans l'obscurité, les médiums expliquant que les fantômes avaient horreur de la lumière. Pour les sceptiques, le seul but de l'éclairage tamisé était de faciliter les supercheries.

Des femmes transgressives
La majeure partie des médiums était des femmes. Elles jouissaient de la liberté de voyager et de gagner leur propre argent. Malheureusement, à l'instar des sœurs Fox, nombre d'entre elles furent violentées, harcelées. Emma Hardinge Britten intenta une action en justice contre des adeptes qui la traquaient et lui envoyaient des lettres d'amour.

Séance de spiritisme la plus courante
Les participants sont assis autour d'une table dans une pièce sombre, leurs mains se touchent. Le médium dirige la séance et transmet les messages des esprits.

Cabinet spirite
Certains médiums officiaient dans une petite cabine appelée « cabinet spirite ».

Mise en scène théâtrale
De nombreux médiums portaient des costumes de théâtre ou utilisaient des artifices pour rendre leurs séances plus excitantes.

Ectoplasme
Beaucoup pensaient que l'ectoplasme, substance blanchâtre émanant de médiums, était de l'énergie spirituelle. Les fraudeurs avaient souvent recours à un tissu comme de la gaze pour produire l'effet attendu. Le terme « ectoplasme » fut proposé par le médecin français et prix Nobel Charles Richet.

Une pensée avant-gardiste

Les médiums étaient souvent amis avec des libres penseurs progressistes qui militaient pour l'émancipation des femmes et les réformes sociales. Nombre d'entre eux ont utilisé la médiumnité à des fins politiques. Certains médiums, des deux sexes, érotisaient leurs séances, en étant par exemple attachés ou vêtus simplement de sous-vêtements. La médium anglaise Annie Fairlamb Mellon n'hésitait pas à embrasser des femmes et des hommes sous couvert de communication avec l'au-delà.

L'armoire des frères Davenport
Pendant leur spectacle, les frères Davenport étaient solidement attachés à l'intérieur d'une armoire remplie d'instruments de musique. Une fois les portes refermées, les instruments retentissaient, comme manipulés par des fantômes.

La « boîte de Margery » de Houdini
Boîte en bois construite par le célèbre illusionniste américain pour tester une médium en limitant ses mouvements.

L'écriture des esprits
Certains médiums transmettaient par écrit les messages des esprits. Cette technique fut baptisée « écriture automatique ». Ces séances se déroulaient les yeux bandés afin d'écarter tout risque de fraude.

LES YŪREI

Art macabre
Dans la mythologie japonaise, les fantômes sont appelés « yūrei » (qui signifie « esprit obscur »). Au XIXe siècle, les yūrei étaient des sujets populaires dans les contes, au théâtre, en peinture et en gravure. Il existe de nombreux types de yūrei, selon les tourments vécus sur terre.

1. **Onryō**
   Fantômes assoiffés de vengeance.
2. **Funayūrei**
   Ces esprits de noyés et disparus en mer ont parfois l'apparence de poissons.
3. **Fuyūrei**
   Esprits errant sans but.
4. **Goryō**
   Fantômes d'aristocrates vengeurs, capables de provoquer des catastrophes naturelles.

de fantômes après leur mort.

LÉGENDES DE FANTÔMES AMÉRICAINS

L'Amérique du Nord est le berceau d'un grand nombre d'histoires de fantômes. Beaucoup remontent aux mythologies amérindiennes, tandis que d'autres sont influencées par les traditions de l'Ancien Monde des colons.

La sorcière des Bell

Tennessee, États-Unis, vers 1817-1821

Selon la légende, la ferme des Bell fut assiégée pendant plusieurs années par un fantôme bavard, que la population pensait être celui d'une voisine, Kate Batts, à la réputation de sorcière. Pour des raisons inconnues, ce fantôme prenait un malin plaisir à accabler la malheureuse famille d'insultes et de stupéfiants tours surnaturels. Il tourmentait particulièrement la fille et le père, John Bell. Ce dernier serait mort dans son lit après plusieurs semaines d'attaques du fantôme.

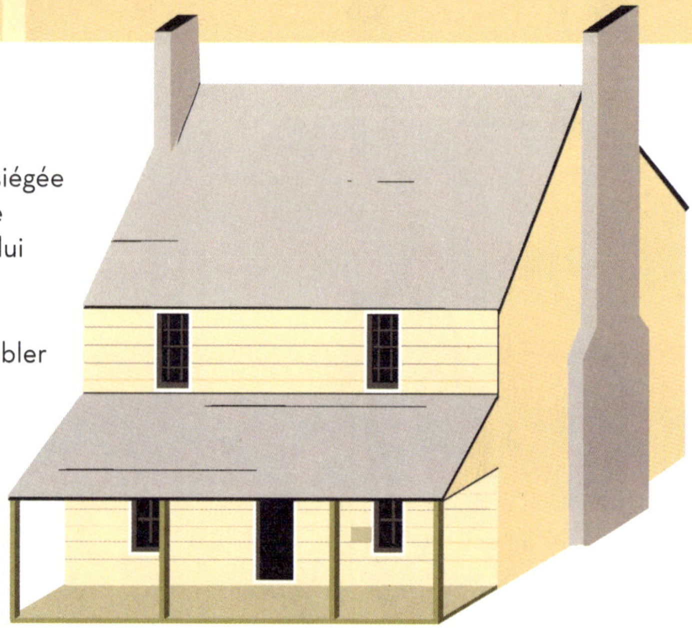

Ferme des Bell.

Apparitions monstrueuses.

John Bell tente de jeter le fantôme de la sorcière dans la cheminée.

Le Grand marais lugubre

Virginie et Caroline du Nord, États-Unis, vers le XVIIIe siècle

Ces vastes marais regorgeant d'alligators ont été habités pendant plus de 13 000 ans par des communautés amérindiennes. Les explorateurs européens du XVIIIe siècle, rebutés par le lieu, l'ont baptisé « *Great Dismal Swamp* » (« Grand marais lugubre »), tandis que les francophones le qualifiaient de « Marais maudit ».

Avec son épais brouillard, sa terre humide et les bruits des amphibiens, des oiseaux et des reptiles, il est facile de comprendre pourquoi le marais a pu attirer de nombreuses légendes de fantômes.

On raconte que, la nuit, la Dame du lac pagaie sur son canoë, éclairée seulement par des lucioles. Outre ce fantôme, des spectres, des bateaux et des lumières mystérieuses sont réputés rôder sur ces eaux vertes.

« PLANCHES À ESPRITS »

Planchette

Dans les années 1850, l'industrie européenne du jouet contribua à banaliser la médiumnité en commercialisant la « planchette spirite », une planche de bois à roulettes munie d'un crayon. Ses utilisateurs pensaient pouvoir recevoir des messages des esprits en plaçant simplement leur main sur le plateau, qui se mettrait à écrire.

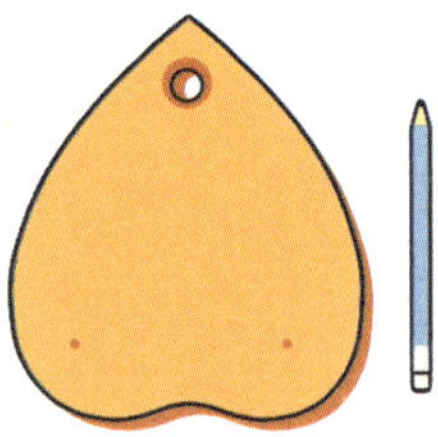

GW Cottrell (1859)

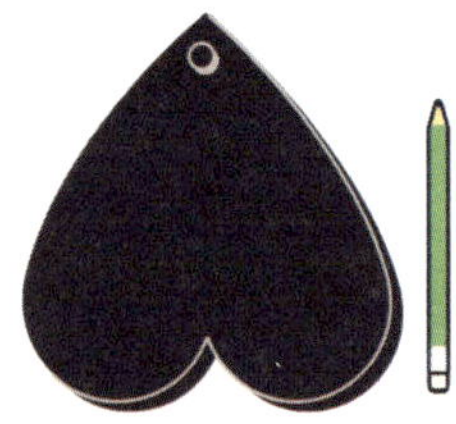

Kirkby & Co (1869)

Planche Ouija (1890)

Planche Espirito (1891)

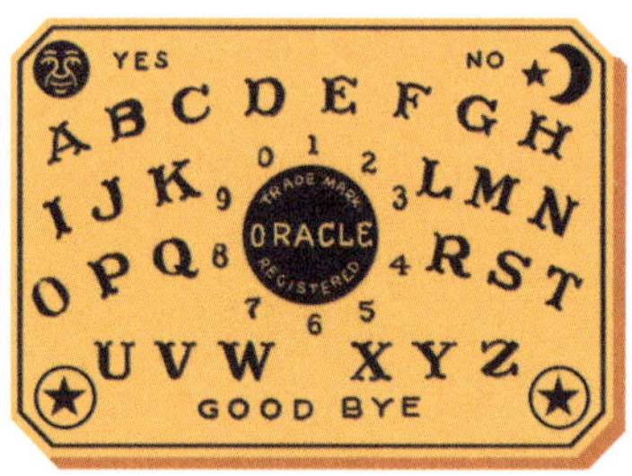

Mystifying Oracle (1915)

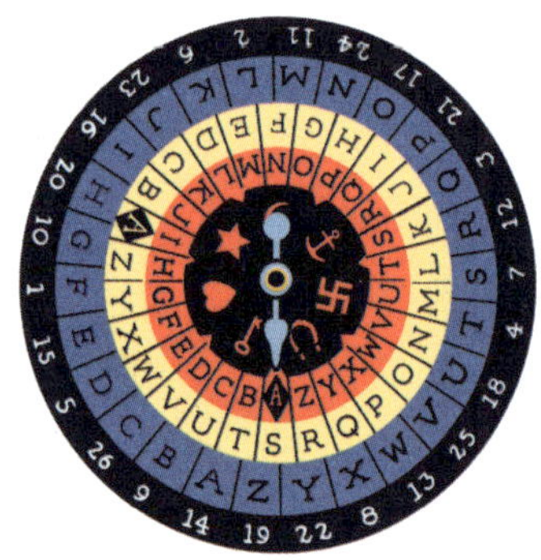

Mystiscope Fortune Teller (1925)

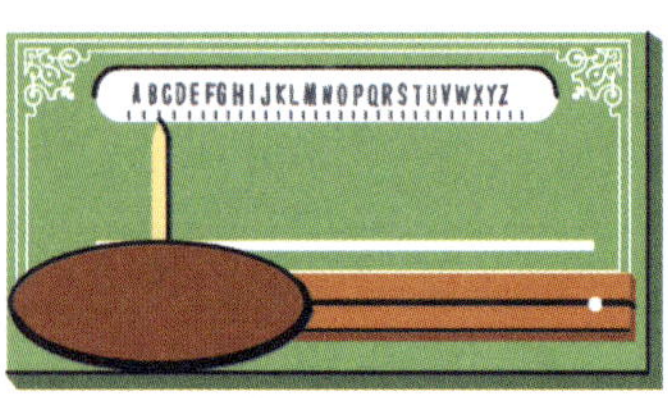

Telepathic Spirit Communicator (1936)

Hasko Mystic Board (1940)

Mystic Answer Board (1944)

Planches spirites

Un modèle populaire appelé « Ouija » consiste en une planchette miniature mobile qui peut pointer des lettres et des chiffres inscrits sur un grand tableau. Cette planche fut mise au point par l'inventeur américain Elijah Bond. Plusieurs objets similaires virent alors rapidement le jour. Les sceptiques pensent que ces objets ne sont pas guidés par des fantômes, mais bien plutôt par ce que les psychologues appellent « l'effet idéomoteur » : les mouvements musculaires inconscients des participants.

Planche Ouija - Édition de luxe (1967)

Transogram (1967)

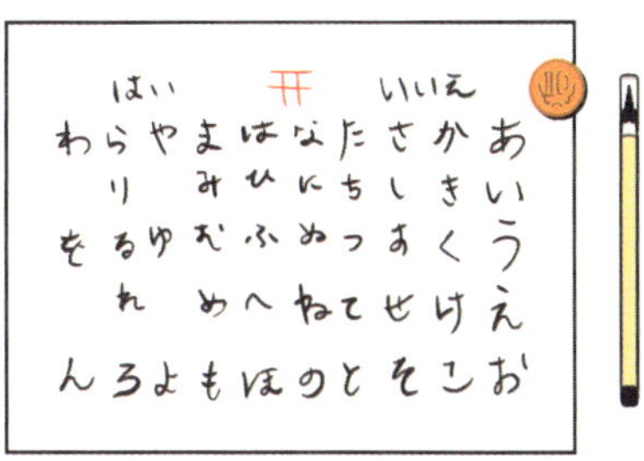

Kokkuri-san (années 1970)

Ouija pour Windows (1993)

Planche Ouija
de la série Charmed (2006)

Planche Ouija (2008)

Planche spirite (2015)

L'INFÂME ISOLEMENT

Phare de Tévennec
Finistère, France, XIXe siècle

Outre les lieux ayant un ancrage historique fort, les monuments isolés semblent aussi favoriser les légendes de fantômes. Inauguré en 1875, le phare de Tévennec fut le lieu de nombreux événements tragiques. À ses débuts, il était gardé par un seul homme. Le premier chargé de cette mission, Henri Guézennec, perdit la tête à force d'entendre les voix de marins décédés lui ordonner de partir. Le journal *Le Télégramme* rapporta que des crucifix furent alors fixés sur les rochers pour tenter de repousser les esprits. Le mauvais temps et les marées les firent toutefois disparaître au bout de quelques semaines. Le gardien suivant connut le même sort et d'autres y trouvèrent la mort...

PHOTOGRAPHIER LES ESPRITS

Au XIXe siècle, les photographes ont commencé à vendre de « vraies » photos de fantômes réalisées en studio ou lors de séances de spiritisme.

Spectres stéréoscopiques

Dans les années 1850, la Société londonienne de stéréoscopie se spécialisa dans la vente de photos en 3D. L'occasion pour elle de vendre des photos de fantômes savamment mises en scène.

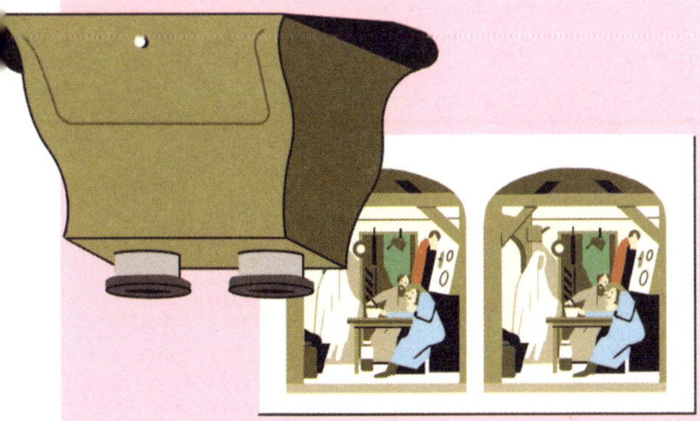

Poupées mortelles

Dans les années 1870, le photographe parisien Édouard Buguet utilisait des poupées pour faire apparaître des fantômes sur ses clichés grâce à la technique de double exposition. En 1875, il fut arrêté et condamné à un an de prison pour escroquerie.

Technique de la double exposition

Insertion d'une plaque déjà utilisée dans l'appareil.

Réalisation du portrait.

Photographie développée avec superposition des images.

Un mystérieux « fantôme » apparaît sur la photo.

Les souvenirs de Mumler

En 1861, William Mumler découvrit que la superposition de plaques photographiques pouvait créer des figures fantomatiques. Son épouse Hannah était une médium douée pour les affaires, tandis que lui réalisait des photographies mettant en scène les proches décédés de clients. Après la guerre de Sécession, le commerce des photos d'esprit explosa. L'une de leurs clientes célèbres fut Mary Todd Lincoln, la veuve du président américain. Accusé de fraude, Mumler fut finalement acquitté par la justice, mais sa réputation fut entachée à jamais.

CLUBS ET SOCIÉTÉS SAVANTES

Après l'engouement pour le spiritisme au XIXᵉ siècle, des groupes d'intellectuels et de passionnés se constituèrent pour étudier et discuter des phénomènes d'apparitions. Au fil de l'histoire, ce type de recherche reçut plusieurs dénominations telles que « recherche psychique », « métapsychique » ou bien encore « parapsychologie ».

William Crookes.

Charles Dickens.

Le Ghost Club

Le Ghost Club fut créé en 1862 à Londres. Ses fondateurs furent rapidement rejoints par de nombreuses personnalités telles que les auteurs Charles Dickens et W.B. Yeats ou l'éminent physicien William Crookes. Toujours en activité, le Ghost Club est aujourd'hui la plus ancienne association de ce type au monde.

Tenue du médium Lajos Pap.

Collection d'« apports ».

La Société de recherche psychique de Londres (SPR)

Fondée en 1882, la SPR recueille depuis sa création des données sur la télépathie (terme inventé par l'un de ses membres, Frederic W. H. Myers), l'hypnotisme et le spiritisme. Bien qu'elle s'emploie avant tout à dénoncer les fraudes, la SPR collabore aussi avec des sujets qu'elle considère doués de facultés exceptionnelles.

Laboratoire métapsychique

À partir de 1928, le chimiste hongrois Elemér Chengery Pap réalisa des expériences sur les médiums. Son « laboratoire métapsychique » était notamment dédié à l'étude des apparitions d'objets (« apports ») produites par certains médiums comme son compatriote Lajos Pap. Pour écarter tout risque de fraude, il les habillait de combinaisons spéciales.

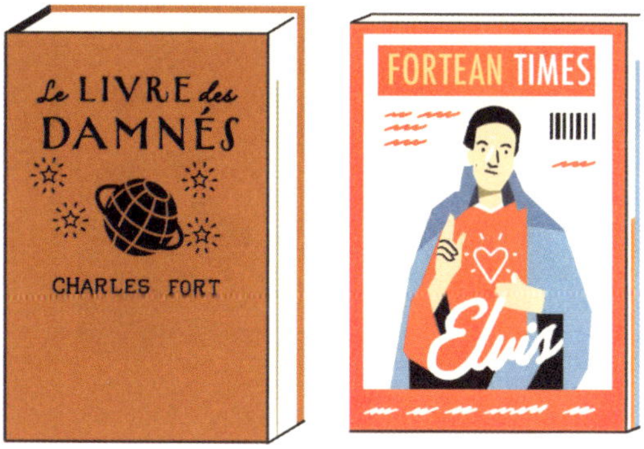

La Société fortéenne

Le Livre des damnés (1919) de l'Américain Charles H. Fort est considéré comme le premier recueil complet de phénomènes inexpliqués. En 1931, des fans fondèrent la Société fortéenne à New York pour discuter de sujets liés aux recherches de Fort. Celles-ci ont également inspiré la création d'un magazine britannique en 1973, devenu aujourd'hui l'influent *Fortean Times*.

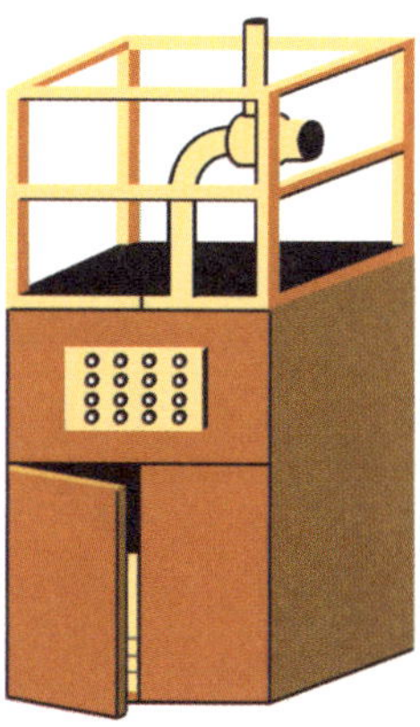

Afin d'étudier les médiums dans l'obscurité, le médecin français Eugène Osty et son fils ingénieur inventèrent un dispositif fait de capteurs infrarouges couplés à un système de prise de vue automatique.

L'Institut métapsychique international (IMI)

L'IMI a été fondé en 1919 à Paris pour étudier de manière scientifique les phénomènes dits « paranormaux ». Des chercheurs de premier plan, tels que le médecin Gustave Geley et le prix Nobel de physiologie Charles Richet, ont concentré leurs efforts sur l'examen minutieux des médiums. Aujourd'hui, l'IMI continue de former les universitaires intéressés par le paranormal.

Institut australien de recherche parapsychologique (AIPR)

Fondé en 1977, l'AIPR étudie un large éventail de phénomènes paranormaux en privilégiant une approche scientifique et psychologique.

Études sur la perception extrasensorielle

Dans les années 1970, le projet Stargate de l'armée américaine tenta de trouver des applications pratiques aux capacités « psychiques » de certains individus, comme utiliser la « vision à distance » pour découvrir les secrets de l'ennemi. Ces efforts ont été relatés dans le livre de Jon Ronson, *Les Chèvres du Pentagone* (2004), adapté au cinéma en 2009 avec George Clooney.

UNE ARCHITECTURE DÉCONCERTANTE

Le mystère de la maison Winchester

San José, Californie, États-Unis

En 1884, Sarah Winchester, veuve du fabricant de la célèbre carabine du même nom, commença à transformer une ferme de San José en un véritable labyrinthe. Inspirée par la symbolique de l'occultisme, cette femme créative dessina elle-même les plans de sa demeure. Des pièces innombrables, des portes et escaliers ne menant nulle part, de fausses fenêtres, mais aussi tout le confort moderne... elle poursuivit sans relâche la construction si singulière de son immense maison jusqu'à sa mort en 1922.

Sarah Winchester.

Intérieurs insolites.

Des portes qui ne mènent nulle part.

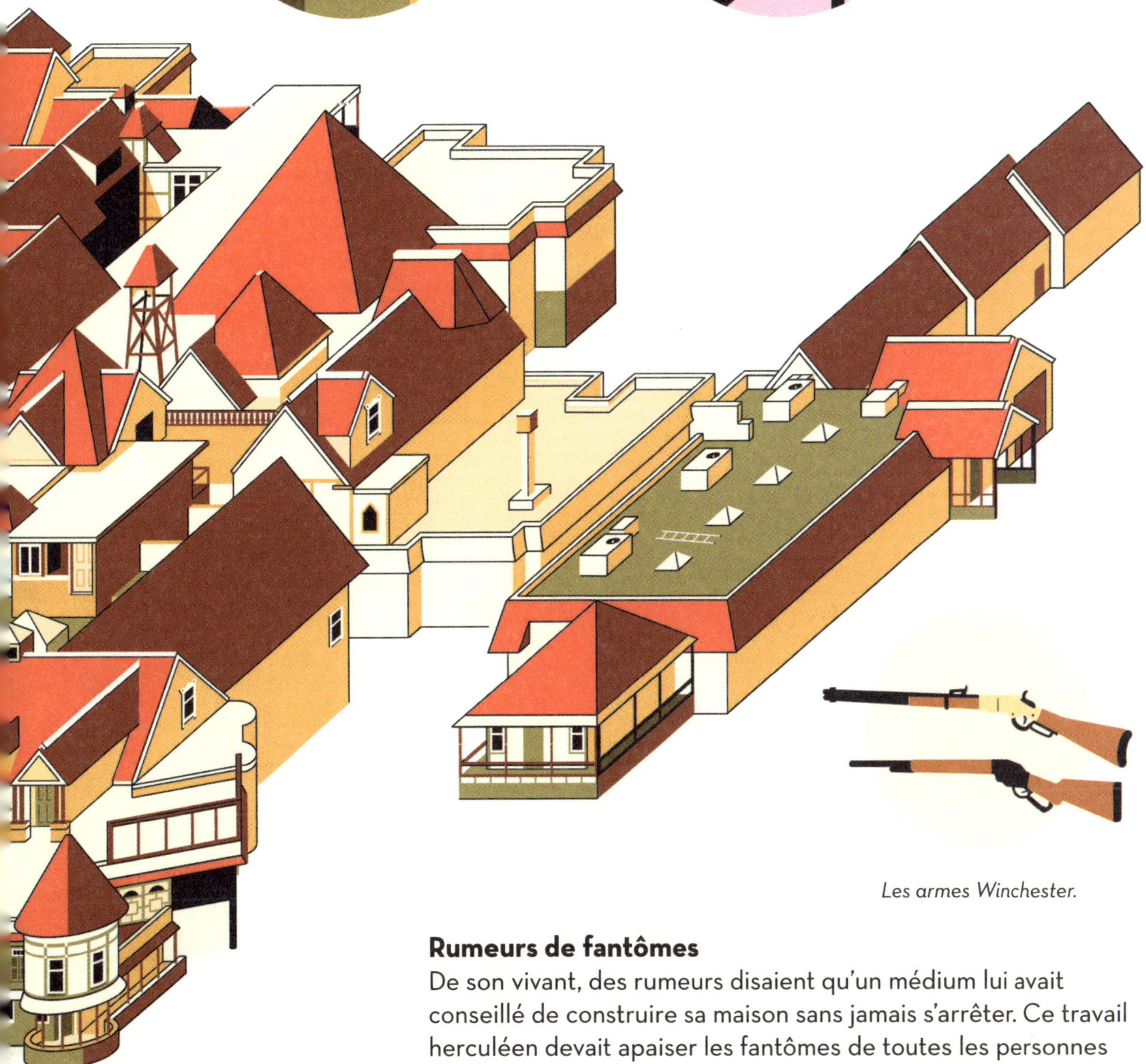

Les armes Winchester.

Rumeurs de fantômes

De son vivant, des rumeurs disaient qu'un médium lui avait conseillé de construire sa maison sans jamais s'arrêter. Ce travail herculéen devait apaiser les fantômes de toutes les personnes tuées par les fameuses carabines Winchester, et son étrangeté labyrinthique, les désorienter. Ces rumeurs sont devenues des légendes reprises aujourd'hui par des guides touristiques et des chasseurs de fantômes.

LE XXe SIÈCLE

Affiche promotionnelle de Harry Houdini (1909).

DÉMYSTIFICATION

Au XXe siècle, les sceptiques ont continué à démystifier la croyance aux fantômes, alimentée par la superstition et les arnaques. L'illusionniste américain Harry Houdini était consterné de voir des médiums détourner l'art de la prestidigitation afin d'exécuter des tours de passe-passe lors de séances. Rose Mackenberg fut l'enquêtrice en chef de Houdini dans sa traque des faux médiums. Pour recueillir des preuves, elle avait recours à des déguisements particulièrement imaginatifs.

Les nombreux déguisements de Rose Mackenberg.

Les tours de magie

Les tours étaient dénoncés dans des brochures, des livres et lors de représentations sur scène. Ils étaient conçus par les médiums et leurs assistants. Les enfants faisaient d'excellents complices puisque leur taille les rendait moins détectables dans l'obscurité.

Une trompette spirite.

Les trompettes spirites étaient généralement utilisées pour amplifier la voix d'un esprit prétendument invoqué par un médium.

Des crochets spéciaux fixés aux vêtements des médiums leur permettaient de déplacer les tables sans l'aide des mains.

Des informations pouvaient être transmises en morse aux médiums au moyen d'appareils cachés.

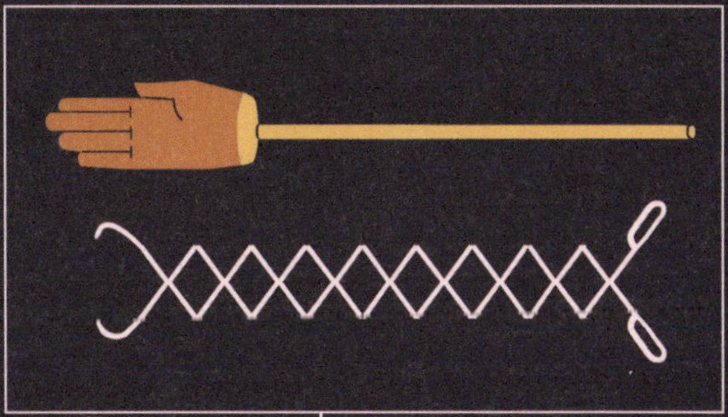

Des objets lumineux suspendus à une ficelle créaient des lumières fantomatiques.

Des bras extensibles permettaient de toucher les personnes assises à distance.

Grâce à l'obscurité, la lévitation pouvait être aisément simulée au moyen de divers accessoires.

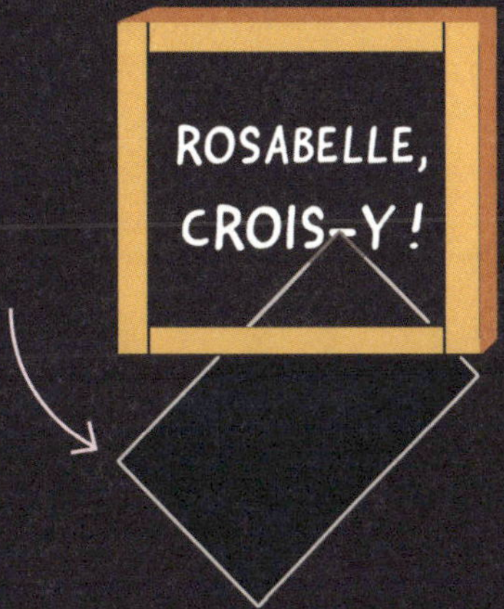

Des tampons spéciaux étaient conçus pour révéler l'écriture des esprits.

LES « FORMES-PENSÉES »

Dans la tradition de l'occultisme, une « forme-pensée » se définit comme la transmission et la matérialisation d'une idée par le biais de pouvoirs psychiques. Les théosophes Annie Besant et C.W. Leadbeater ont décrit ce phénomène dans leur livre *Les Formes-Pensées* (1901) comme étant des vibrations rayonnantes et des lumières flottantes. Certains pensaient que les fantômes étaient créés par des formes-pensées non focalisées.

Les formes-pensées, telles qu'elles sont représentées dans l'art au XXe siècle.

Abstraction artistique

Le livre *Les Formes-Pensées* contient des peintures représentant l'idée de vibration et de rayonnement chère à ses auteurs. Ces images ont influencé de nombreux artistes abstraits, un courant alors en plein essor. Des peintres tels que Vassily Kandinsky, Kasimir Malevitch et Piet Mondrian se sont inspirés des théories spiritualistes et théosophiques.

Tulpa

Les formes-pensées s'apparentent au concept tibétain de « tulpa ». Les tulpas sont des objets ou des êtres qui auraient été créés par des pouvoirs psychiques ou spirituels, puis qui auraient une vie propre. Le célèbre chasseur de fantômes américain Ed Warren a émis l'hypothèse que les cryptides (créatures mystérieuses) tels que le Bigfoot étaient en fait des tulpas produits par des médiums.

RUINES HANTÉES

Les ruines de certaines maisons deviennent comme des monuments à la mémoire de leurs anciens occupants. Plus les circonstances sont tragiques, plus elles alimentent les légendes de hantise. Au cours du XXe siècle, l'automobile et l'avion ont permis le développement d'une forme de tourisme liée aux sites dits « hantés ».

Manoir de Kinarut, Malaisie, abandonné vers 1920
Manoir abandonné dans une zone forestière de l'est de la Malaisie. Aujourd'hui, ses ruines sont classées site historique et intriguent en raison de légendes qui les disent habitées par pléthore d'esprits.

Manoir de la famille Lui, Taïwan, abandonné vers les années 1950
Connue sous le nom de « maison fantôme de Minxiong », cette grande propriété de style baroque a été entièrement recouverte de végétation. On raconte qu'elle serait hantée par le fantôme d'une servante qui s'est noyée dans le puits du manoir.

La Casa Embrujada, Cusco, Pérou
En 2013, le chef d'une secte s'est suicidé dans la Casa Embrujada (« maison hantée »), abandonnée depuis longtemps, sur laquelle courent bien des histoires macabres. Sa façade porte l'inscription « Ce n'est pas une maison hantée » afin de décourager les chasseurs de fantômes.

LES CHASSEURS DE FANTÔMES

La chasse aux fantômes consiste à enquêter sur de supposées hantises afin de trouver des preuves de l'existence de fantômes ou une explication rationnelle et scientifique. Bien qu'il n'y ait pas une seule manière de procéder, elle implique généralement des enquêtes de terrain structurées. Au XXe siècle, les chasseurs de fantômes les plus célèbres étaient des hommes blancs de la classe moyenne, originaires des États-Unis et du Royaume-Uni.

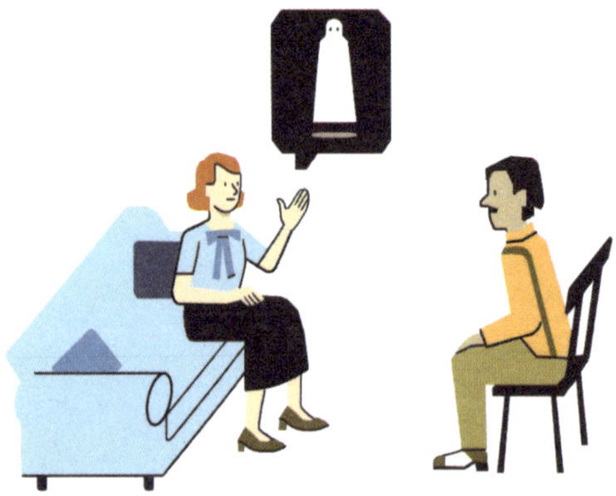

1. L'entretien préalable
Un témoin ou un propriétaire est interrogé par les enquêteurs.

2. Planification et recherche
Le lieu supposé hanté est inspecté à la lumière du jour afin de se familiariser avec son agencement. Des informations complémentaires sur le lieu sont recherchées dans les archives des bibliothèques et sur Internet.

3. Étude du site
La chasse aux fantômes est une activité nocturne qui remonte au XIXe siècle. Aujourd'hui, certains dérogent à la tradition en cherchant à observer ces manifestations en plein jour.

4. Veille
Les chasseurs de fantômes restent sur place jusqu'au petit matin.

5. Compte rendu
Les données recueillies sur le lieu sont étudiées et discutées.

6. Hypothèse
Les enquêteurs tentent d'expliquer les expériences paranormales.

7. Retour d'expérience
Les enquêteurs font un rapport aux habitants et émettent des suggestions. Par exemple, si du monoxyde de carbone est découvert, ils s'en remettront à un ingénieur du gaz pour résoudre le problème.

LA BOÎTE À OUTILS DES ENQUÊTEURS

Sur les lieux supposés hantés, les enquêteurs du paranormal utilisent toute une panoplie d'outils. Ces appareils permettent d'analyser les phénomènes qui s'y déroulent.

Le stylo et le papier
L'enquêteur consigne les déclarations des témoins, les conditions météorologiques et dessine des plans détaillés des lieux.

La farine
Farine, craie et autres poudres sont utilisées pour révéler des empreintes de pas et démasquer ainsi les auteurs de canulars.

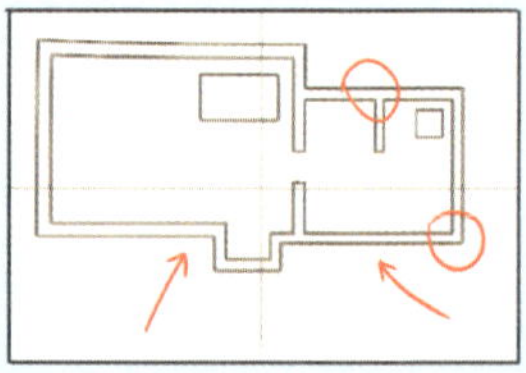

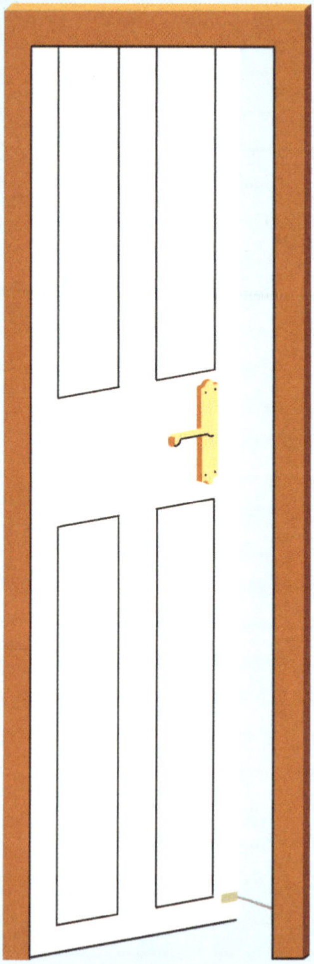

Carte et relevé
L'examen d'une propriété peut révéler des angles morts, des ombres étranges et autres bizarreries architecturales à l'origine d'expériences considérées à tort comme paranormales.

Appareils photographiques
Employés pour capturer l'image d'un fantôme.

Fil piège
Fils utilisés pour attraper des fraudeurs se faufilant à travers couloirs et portes.

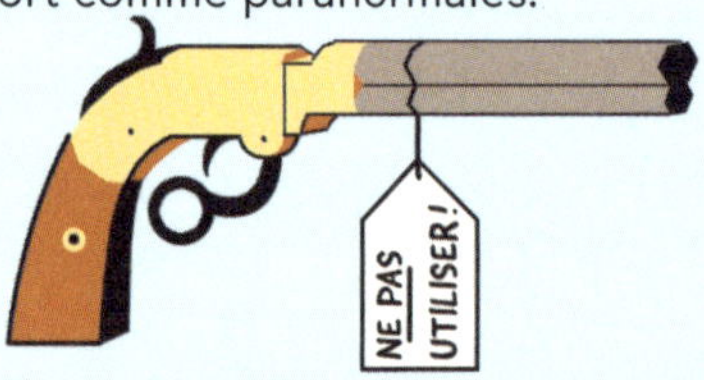

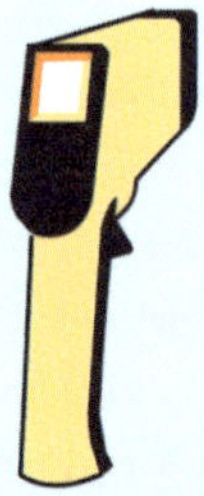

Armes
Autrefois, certains chasseurs de fantômes portaient des armes à feu. Jusqu'à preuve du contraire, personne n'a réussi à blesser un fantôme !

Thermomètres laser
Utilisés pour détecter les « points froids » créés par les fantômes. Ces appareils ne mesurent que la température de surface et ne sont pas toujours précis.

Enregistreurs audio
Utilisés pour tenter de capter les voix des fantômes, connues sous le nom de phénomènes de voix électroniques (PVE).

Chiens
Il arrive que des chasseurs de fantômes emmènent avec eux leurs fidèles compagnons afin de détecter une présence. Les détracteurs de cette pratique estiment qu'il est absurde de mener un chien dans un bâtiment sombre rempli de chasseurs de fantômes anxieux.

Détecteur de monoxyde de carbone
L'empoisonnement au monoxyde de carbone peut provoquer toute une série de symptômes associés aux phénomènes de hantise et est très dangereux. Détecter sa présence peut aider à sauver.

Compteur de champ électromagnétique (CEM)
Certains croient pouvoir détecter les fantômes dans les fluctuations des champs électromagnétiques. Les CEM sont en fait conçus pour surveiller les câbles et les appareils.

Compteur d'ions de l'air
Les atmosphères présentant un nombre élevé d'ions peuvent provoquer une série de symptômes bénins associés aux hantises, tels qu'une fatigue inhabituelle.

Caméra infrarouge
Invisible à l'œil nu, le rayonnement infrarouge est émis par tout objet. Les caméras infrarouges permettent aux enquêteurs de bénéficier de la vision nocturne et d'enregistrer ce qui se passe dans l'obscurité.

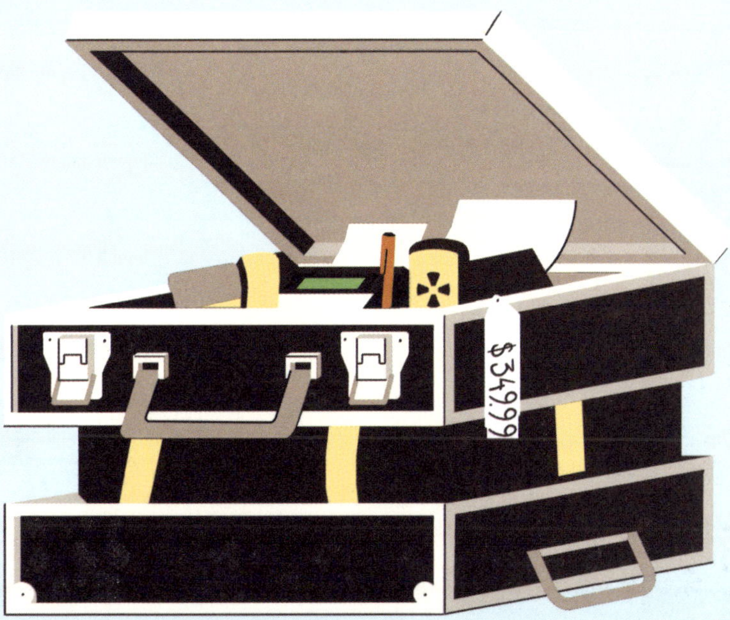

Kits commerciaux de chasse aux fantômes
Il s'agit là principalement d'appareils et d'équipements souvent vendus à des prix exorbitants.

LES FANTÔMES DE LA GUERRE

Les champs de bataille sont souvent considérés comme hantés en raison des scènes de violence, de mort et de maladie qui s'y sont déroulées. Au cours du XXe siècle, cette idée s'est propagée à travers les récits patriotiques et la guerre psychologique.

Les « Anges de Mons »

En 1914, Arthur Machen consacra un article aux fantômes des champs de bataille. Dans cette fiction, l'auteur gallois raconte que des archers fantômes de la bataille d'Azincourt (1415) ont aidé les troupes britanniques à combattre l'armée allemande à Mons. Après la publication de l'article, Machen fut surpris de constater que les lecteurs croyaient à son histoire. Selon le journaliste anglais David Clarke, les rumeurs qui l'ont suivie ont été encouragées par les autorités britanniques dans le cadre de la propagande de guerre.

Âmes errantes

Pendant la guerre du Viêtnam, les ingénieurs militaires américains tentèrent de saper le moral de l'ennemi en diffusant des voix fantomatiques par le biais de haut-parleurs. Ils espéraient de cette façon exploiter certaines croyances locales selon lesquelles les fantômes étaient des défunts dépourvus de sépulture. Cette stratégie fut en réalité peu efficace, les Vietnamiens n'hésitant pas à ouvrir le feu sur les haut-parleurs.

Les soldats fantômes sont présents dans des légendes du monde entier.

Chevaliers *Europe*

Centurions romains *Europe*

Soldats de la guerre de Sécession *États-Unis*

Soldats de la Première Guerre mondiale

Soldats de la Seconde Guerre mondiale

LE LIEU LE PLUS HANTÉ DE GRANDE-BRETAGNE

Le presbytère de Borley

Essex, Royaume-Uni, 1927-1938

Le presbytère de Borley fut le théâtre de nombreux incidents et d'enquêtes pendant plusieurs décennies. Malgré l'absence de méthode définitive permettant d'évaluer le degré de « hantise » d'une habitation, le titre de « lieu le plus hanté de Grande-Bretagne » lui fut attribué par le célèbre chasseur de fantômes Harry Price sur la seule base de sa réputation.

Crâne.

Harry Price, chasseur de fantômes.

Écriture fantôme.

Fantôme de nonne vu dans la propriété.

En 1928, le révérend Guy Eric Smith et son épouse Mabel emménagèrent dans le presbytère. Outre la vétusté du bâtiment et les courants d'air, ils firent la découverte d'un crâne humain et aperçurent un fantôme dans le jardin.

En 1929, Harry Price enquêta brièvement à Borley et rapporta toutes sortes d'activités paranormales, telles qu'une pluie de projectiles. Suite à la publication de ses comptes rendus, le presbytère devint une destination prisée des amateurs de paranormal.

Des « pièges à fantômes » furent placés autour du presbytère afin d'y encourager l'activité paranormale.

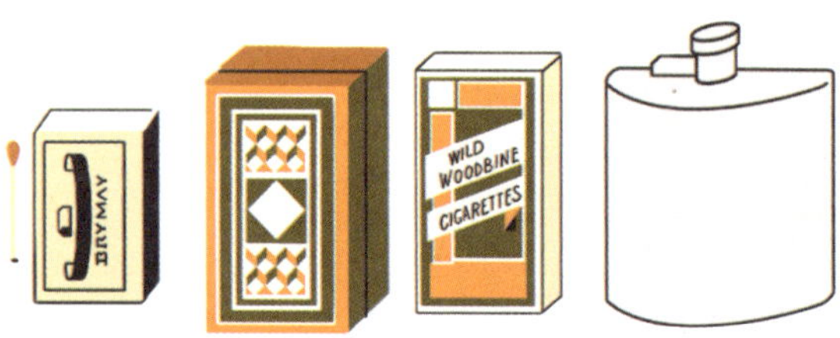

En 1937, Price recruta 48 volontaires pour observer selon ses instructions le presbytère qu'il avait loué pour un an. Les enquêteurs eurent beau prendre des notes, dessiner des cartes et utiliser des planches Ouija, ils furent dans l'impossibilité de fournir la moindre preuve de hantise.

Carte du presbytère de Borley.

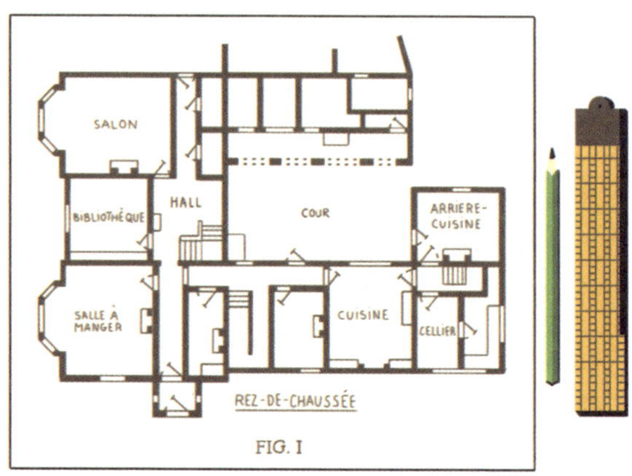

ZONES FRONTIÈRES

Certains lieux dits hantés doivent une grande partie de cette réputation à leur aspect effrayant. C'est le cas des tunnels, qui sont des passages entre la lumière et l'obscurité, ce qui en fait des zones frontières. De nombreux tunnels dans le monde sont ainsi considérés comme hantés et portent les traces de prétendus fantômes.

Tunnel Kiyotaki

Kyoto, Japon, 1929

Ce tunnel étroit à circulation alternée est très prisé des amateurs de paranormal, mais des panneaux mettent en garde les piétons du danger encouru à y pénétrer. Construit en 1927, bordé de forêts obscures, il est long de 444 mètres (chiffre maudit). Les légendes de fantômes se caractérisent souvent par un trait particulier tel que les conditions météorologiques, l'heure ou la date propices à l'observation du prétendu phénomène paranormal. Ici, on raconte que le feu de signalisation à l'entrée du tunnel passe soudainement au vert dès qu'un fantôme se manifeste, causant des accidents.
À la suite d'un tremblement de terre en 1968, des ouvriers découvrirent dans le tunnel des ossements ainsi qu'un crâne brisé dans les décombres. Il s'agissait vraisemblablement d'ouvriers décédés lors de la construction de l'édifice.

ATTRACTIONS ET MANÈGES HANTÉS

Au XXe siècle, les ingénieurs construisirent en collaboration avec des forains et des directeurs de théâtre des « attractions hantées ». Parmi les plus populaires, on trouve encore aujourd'hui la maison hantée et le train fantôme dans les parcs d'attractions.

Membres de l'équipe des attractions.

Train fantôme

Le premier train fantôme fut inauguré en 1930 au parc d'attractions Blackpool Pleasure Beach en Angleterre. Importé d'Amérique sous le nom de « manège Bretzel », en écho à la forme de son circuit, il fut rebaptisé « Train fantôme » en référence à la pièce de théâtre du même nom, *The Ghost Train* (1923).

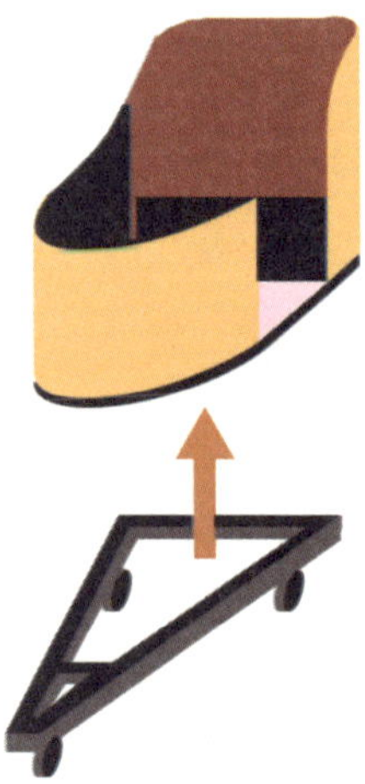

Wagons du Train fantôme.

Maison hantée

La fameuse attraction de la maison hantée propose de déambuler dans une structure remplie de décors et d'acteurs effrayants. Souvent mis en scène par des magiciens, ce divertissement incontournable des fêtes foraines est apparu aux États-Unis dans les années 1920. Depuis, la maison hantée est devenue plus sophistiquée grâce à l'utilisation d'automates, d'illusions d'optique et de décors dignes d'une production hollywoodienne.

Fantasmagories

Réalisées grâce à des lanternes magiques, les séances de fantasmagories consistaient à projeter des images de spectres sur des écrans translucides. Popularisées par le physicien Étienne-Gaspard Robertson à des fins de divertissement, les fantasmagories tirent leur origine de plusieurs traités d'optique allemands publiés au XVIIe siècle.

VOYAGES DANS LE TEMPS

Certains témoins déclarent avoir vu des personnes et des lieux d'une autre époque. Le poète britannique et parapsychologue Frederic W. H. Myers qualifiait ce phénomène de « rétrocognition ». Il est plus connu sous le nom de « voyage dans le temps », une expérience caractérisée par des visions fantomatiques.

Château de Versailles, France
En 1901, deux enseignantes anglaises, Charlotte Anne Moberly et Eleanor Jourdain, racontèrent avoir été « projetées » au XVIIIe siècle, lors de leur visite du parc du château de Versailles, quand elles auraient vu apparaître des individus en habits d'époque. Selon les sceptiques, elles se seraient en réalité mêlées par erreur à l'une des fêtes costumées du poète Robert de Montesquiou.

Bold Street, Liverpool, Royaume-Uni
Plusieurs récits font état de voyages dans le temps à proximité d'une rue de Liverpool. Ainsi, un officier de police se serait vu un bref instant entouré des boutiques et des passants à la mode des années 1950. Dans un article de journal, un homme a de la même façon décrit sa surprise de se retrouver en 1967.

Mokélé-mbembé, fleuve Congo
Le Mokélé-mbembé est un animal légendaire qui vivrait dans le bassin du Congo. Il ressemblerait à un dinosaure sauropode tel que le diplodocus. Certains pensent qu'il aurait miraculeusement survécu à 145 millions d'années d'extinction. D'autres évoquent un voyage dans le temps effectué par cette créature...

LES DOPPELGÄNGER

En allemand, le *Doppelgänger* désigne le double d'une personne vivante. Son comportement va du sinistre au banal. Dans son recueil sur les fantômes intitulé *Les Côtés obscurs de la nature* (1848), Catherine Crowe a précisé que les *Doppelgänger* étaient le plus souvent aperçus lorsque les personnes étaient malades ou endormies. Les psychologues associent ce phénomène à une hallucination appelée « autoscopie », où l'individu se perçoit lui-même comme un double avec un sentiment de confusion et d'angoisse.

LE MILIEU DU XXe SIÈCLE

Affiche du film Les Innocents *(1961).*

VÉHICULES FANTÔMES

Alors que les voitures sont devenues omniprésentes au cours du XXe siècle, certains ont considéré leurs bizarreries comme des preuves de hantise. Fréquents dans les légendes urbaines, les véhicules fantômes hanteraient la terre, l'air et la mer. Ils seraient conduits par leurs anciens propriétaires ou porteurs d'une terrible malédiction.

1.

4.

2.

3.

1. **Le bus numéro 7 (Londres, Angleterre, 1934)**
   Bus fantôme qui faisait, dit-on, sortir les automobilistes de la route.
2. **Vauxhall Astra (Surrey, Angleterre, 2003)**
   L'observation d'une voiture fantôme a conduit la police à découvrir une épave et un conducteur mort passés inaperçus pendant cinq mois.
3. **Coccinelle jaune (Kuala Lumpur, Malaisie, années 1990)**
   Coccinelle VW supposée hanter les routes.
4. **Le *Hollandais volant* (océan Atlantique, XVIIIe siècle)**
   Le plus célèbre des vaisseaux fantômes, vaste navire dont l'équipage serait composé de fantômes.
5. ***Silverpilen* (Stockholm, Suède, années 1980)**
   Le *Silverpilen* (« Flèche d'argent » en suédois) est un train fantôme qui hanterait le métro de Stockholm.

5.

6.

7.

8.

9.

10.

6. **Vol 401 (Floride, États-Unis, 1971)**
À la suite d'un crash ayant causé une centaine de morts, des pièces de l'avion de la compagnie Eastern Air Lines ont été réutilisées dans d'autres appareils. La rumeur s'est vite répandue que les avions équipés de ces pièces étaient désormais hantés.

7. **USS *Zaca* (Villefranche-sur-Mer, France, 1959)**
Yacht ayant appartenu à l'acteur australien Errol Flynn. Considéré comme hanté après sa mort, il attira l'attention de plusieurs exorcistes en 1979.

8. **Carrosse de la mort (Europe, XVIIIe siècle)**
Carrosse légendaire conduit par un fantôme.

9. **Phaéton fantôme (Musée d'histoire militaire, Vienne, Autriche)**
Voiture dans laquelle l'archiduc François-Ferdinand d'Autriche a été assassiné. Depuis les années 1950, la légende raconte qu'elle serait hantée.

10. **SM UB-65 (océan Atlantique, 1918)**
Selon la légende, ce sous-marin allemand aurait été la proie d'un fantôme.

SCULPTURES BIZARRES

L'île des poupées
Xochimilco, Mexique, vers 1950

Dans les canaux de Xochimilco, une petite île abrite des centaines de poupées abîmées. Selon la légende, le gardien de l'île, Don Julián Santana Barrera, les aurait installées afin de calmer les tourments du fantôme d'une petite fille noyée.

L'équipe de l'émission de télévision « Ghost Adventures » a visité l'île en 2014 et a particulièrement apprécié l'ambiance qui y règne.

Cimetière de la Recoleta

Buenos Aires, Argentine, du XIXᵉ siècle à nos jours

Construit en 1822, ce cimetière argentin possède un fantastique labyrinthe de mausolées. Comme tout autre lieu de sépulture, il a été le théâtre d'un grand nombre d'histoires de fantômes. On raconte que la jeune Rufina Cambaceres y aurait été enterrée vivante par erreur après avoir été retrouvée dans un état comateux. Depuis, son fantôme errerait entre les tombes, appelant à l'aide. Afin de prévenir ce type d'erreur, certains propriétaires de concessions funéraires firent installer des cloches d'urgence pouvant être actionnées depuis l'intérieur des caveaux.

Les tombes aux ornements particuliers sont souvent considérées comme hantées.

Le fantôme d'un fossoyeur
On l'entend arriver aux bruits de clés qui s'entrechoquent dans ses mains.

La « Dama de Blanco »
Une légendaire dame blanche, popularisée par le film *Fantasmas de Buenos Aires* (1942).

Rufina Cambaceres
Fantôme connu pour roder autour de sa propre tombe.

UNE AUTRE DIMENSION

Certains pensent que les fantômes proviendraient d'une autre dimension. Populaire auprès des amateurs d'ovnis, cette hypothèse est souvent évoquée dans les œuvres de science-fiction.

Visa pour la Magonie

Dans son livre *Visa pour la Magonie* (1969), l'astronome féru d'ufologie Jacques Vallée fait un rapprochement entre le phénomène moderne des ovnis et les apparitions aériennes considérées comme paranormales dont regorgent les récits traditionnels, telles que les fées. Selon lui, ces manifestations auraient pour origine commune une force provenant d'une autre dimension.

L'univers des gobelins

Dans son livre *L'Univers des gobelins* (1990), le journaliste anglais Ted Holiday désigna une intelligence supérieure comme cause de tous les phénomènes paranormaux, du monstre du Loch Ness aux Poltergeist en passant par les ovnis. Mais ce livre tombe aussi dans une critique inquiétante de la théorie de l'évolution.

Etheria

Dans les années 1950, le parapsychologue américain Meade Layne affirma que les ovnis provenaient d'une dimension baptisée « Etheria ». Pour cela, il s'appuyait sur plusieurs échanges avec le médium Mark Probert, à qui, disait-il, les Ethériens auraient délivré un message.

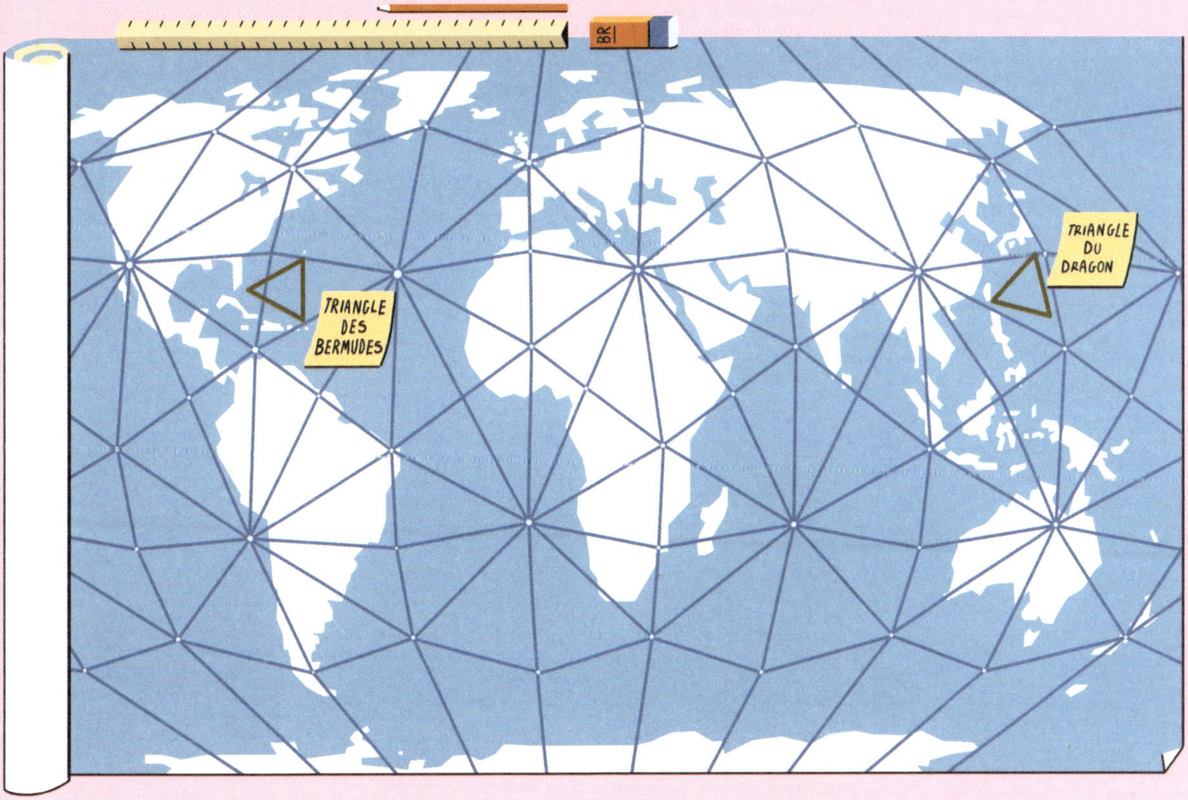

TOURBILLONS GÉOMAGNÉTIQUES

Selon certains experts du paranormal, il s'agirait de phénomènes étranges qui, reportés sur une carte, révèlent des points névralgiques particuliers.

Les lignes de Ley

Dans les années 1920, l'auteur britannique Alfred Watkins émit l'hypothèse que des lignes droites reliaient des sites et monuments anciens. Watkins les baptisa « lignes de Ley ». Rejetée par de nombreux experts de l'époque, cette théorie séduisit, dans les années 1960, les amateurs de paranormal. Ils pensaient que les lignes de Ley généraient des phénomènes magiques, en attirant à la fois les fantômes et les extraterrestres.

Triangle des Bermudes

Cette zone dans l'océan Atlantique Nord est connue pour être le lieu de nombreuses disparitions inexpliquées. La plus célèbre d'entre elles est celle du « Vol 19 » de la marine américaine, composé de cinq avions qui ont disparu simultanément en 1945. Le triangle des Bermudes a la réputation d'être soit l'une des zones les plus hantées au monde, soit un espace infesté d'extraterrestres.

La mer du Diable

Également surnommée « triangle du Dragon », cette zone est située dans l'océan Pacifique, non loin des côtes japonaises. À l'instar du triangle des Bermudes, elle a été le théâtre de nombreuses disparitions de navires. Selon les sceptiques, cette légende aurait été en grande partie inventée par l'auteur américain Charles Berlitz, spécialiste du paranormal.

ANIMAUX FANTÔMES

Certains fantômes apparaissent sous une forme animale. La cryptozoologie (l'étude des animaux dont l'existence n'a pas été prouvée scientifiquement) qualifie ces créatures mystérieuses de « cryptides », bien que la distinction entre fantôme, monstre et animal ne soit pas toujours claire en raison des diverses interprétations culturelles.

1. Fantôme rouge (Eagle Creek, États-Unis, 1883)
2. Singe des Martyn (Royaume-Uni, vers le XVIe siècle)
3. Cerf fantôme (mont Eddy, États-Unis, XXe siècle)
4. Vieux Martin (tour de Londres, Royaume-Uni, 1816)
5. Cheval Gauvin (Franche-Comté, France, XIXe siècle)
6. Félin fantôme (Royaume-Uni, XXe siècle)
7. Chien fantôme (Château de Leeds, Royaume-Uni, XIXe siècle)
8. Black Shuck (Royaume-Uni, XVIe siècle)
9. Chat noir (Oxenby, Royaume-Uni, XIXe siècle)
10. Chien Cherry (Tapiola, Finlande, 1974)
11. Gef, la mangouste parlante (Île de Man, Royaume-Uni, 1931)
12. Cochon d'Inde matérialisé (Royaume-Uni, XIXe siècle)

13. Oie fantôme (Melonsby, Royaume-Uni, vers le XIXe siècle)
14. Chouette fantôme (Russie orientale, XIXe siècle)
15. Útburður (Islande, avant le XIe siècle)
16. Aigle royal matérialisé (Varsovie, Pologne, 1919)
17. Oiseau blanc (plaine de Salisbury, Royaume-Uni, 1885)
18. Démon noir (océan Pacifique, XXe siècle)
19. Monstre du loch Ness (Écosse, vers le VIe siècle)

L'exorcisme du loch Ness

Des cryptozoologues pensent que le monstre du loch Ness serait une créature ancienne qui aurait miraculeusement survécu à l'extinction des dinosaures. En 1975, un vicaire anglais tenta d'exorciser le légendaire animal, croyant qu'il s'agissait d'un esprit maléfique provoquant l'alcoolisme et la dépression des habitants de la région.

BÂTIMENTS HANTÉS

Île de Poveglia

Lagune de Venise, Italie, vers 1960

L'île de Poveglia fut utilisée comme point de contrôle des navires arrivant à Venise, pour mettre les personnes en quarantaine. Les anciens racontent également qu'au XVIIe siècle de nombreux malades de la peste y auraient été envoyés puis enterrés dans de grandes fosses communes. En 1922, les bâtiments de l'île auraient été reconvertis en asile psychiatrique jusqu'à sa fermeture dans les années 1960.

Depuis un épisode de l'émission « Ghost Adventures » tourné sur les lieux en 2009, on croit que l'île serait hantée par l'esprit de ces pauvres gens pestiférés. Le Comité italien pour le contrôle des affirmations sur le paranormal (CICAP) a quant à lui estimé que Poveglia n'a acquis cette réputation d'île hantée qu'à cause de sa médiatisation…

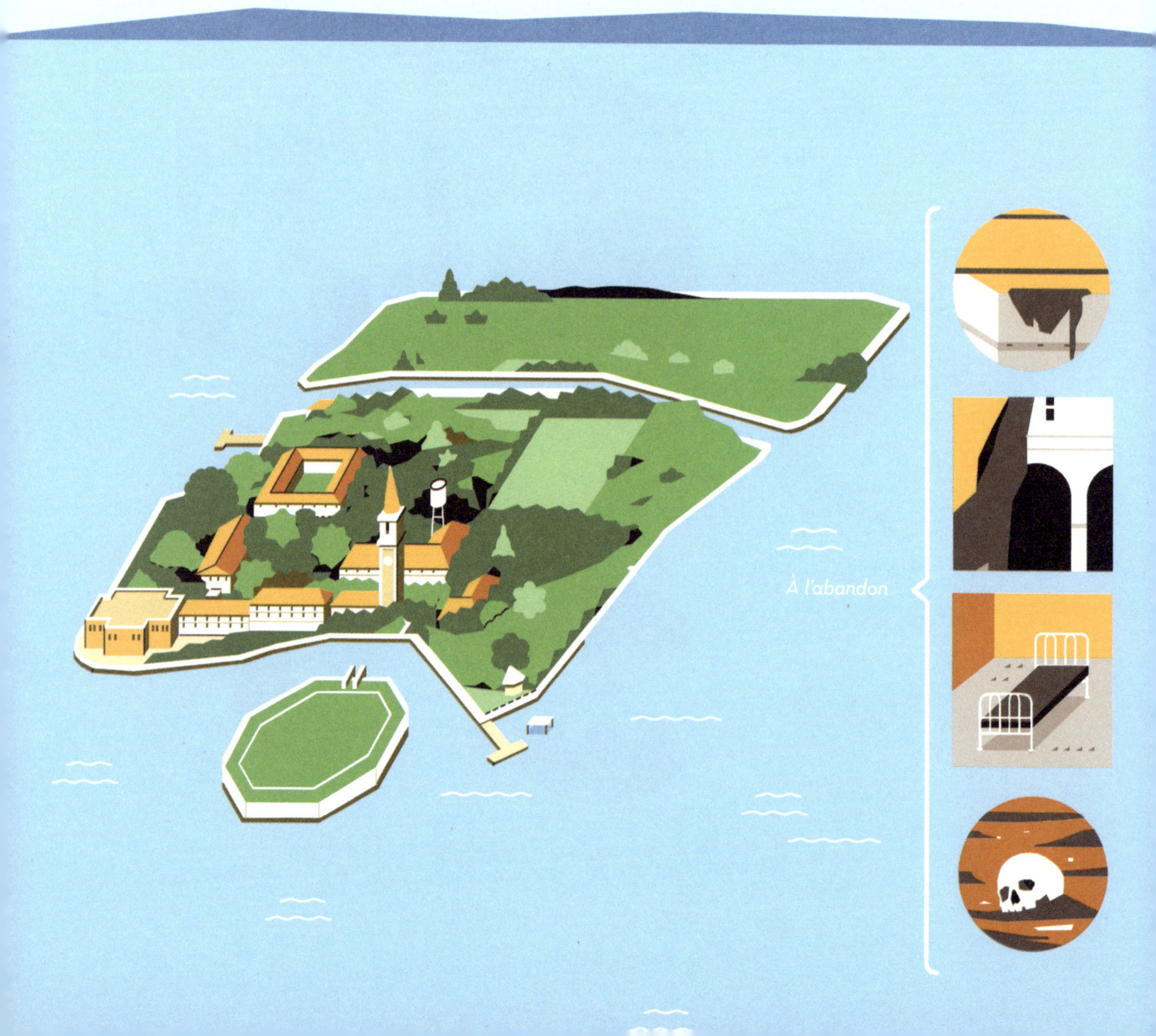

L'horreur en talons

Madame Koi Koi est un fantôme originaire du Nigeria. Le spectre de cette femme hanterait les pensionnats, rôderait dans les toilettes et viendrait effrayer les élèves dans leur lit. Son nom, Koi Koi, est une onomatopée qui fait référence au claquement de ses talons.

L'histoire serait née dans les écoles nigériennes au cours des années 1960. La légende affirme qu'il s'agirait de l'esprit d'une ancienne enseignante connue pour sa cruauté et sa sévérité. On raconte également que Madame Koi Koi aurait été assassinée par des élèves et chercherait durant ses visites à se venger.

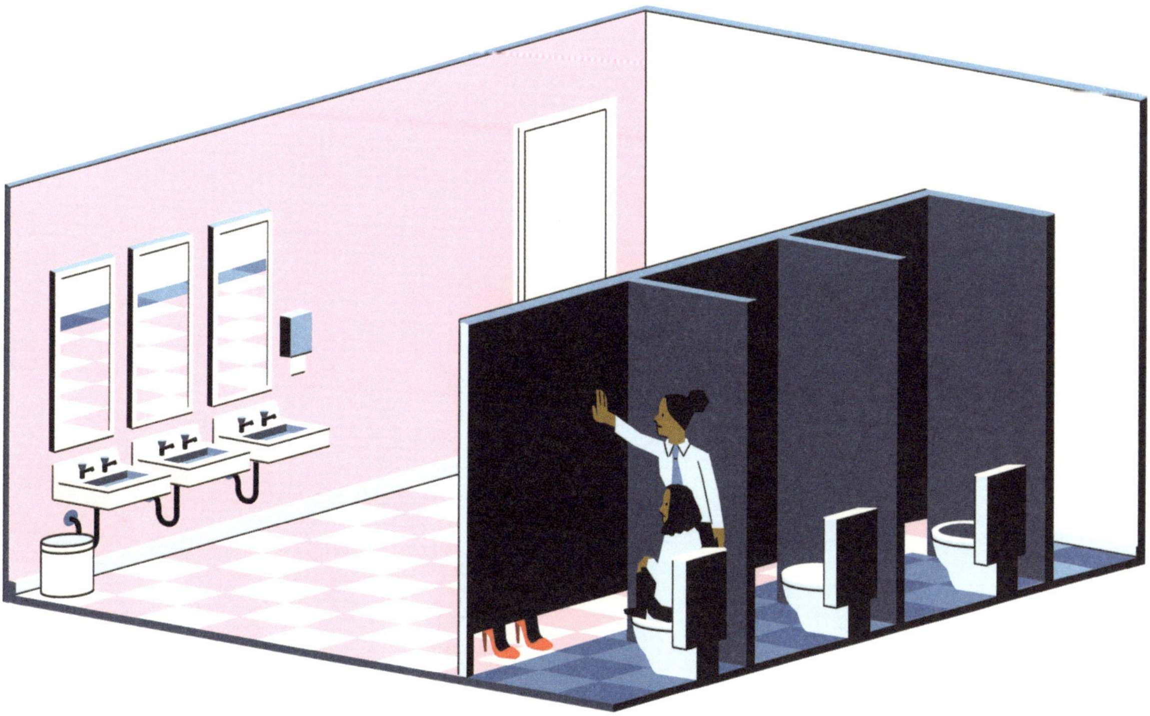

Dans certains récits, le fantôme est invisible à l'exception de ses chaussures.

Le fantôme menacerait les élèves dans leurs dortoirs.

Le fantôme pincerait et giflerait les élèves.

FANTÔMES DANS LES MÉDIAS

Les fantômes apparaissent pour la première fois à l'écran dans *Le Manoir du diable* (1896) du Français Georges Méliès. Ils y sont représentés sous la forme de silhouettes recouvertes de draps blancs. Au cours des décennies suivantes, ils font de nombreuses apparitions au cinéma, à la télévision et dans les jeux vidéo.

1. Banquo, *Macbeth* (1606)
2. Jacob Marley, *Un chant de Noël* (1843)
3. Fantôme, *Le Manoir du diable* (1896)
4. Fantôme, *Histoires de fantômes d'un antiquaire* (1904)
5. Fantôme, *La Falaise mystérieuse* (1944)
6. Casper, *Le Gentil Fantôme* (1945)
7. Oiwa, *Le Fantôme de Yotsuya* (1949)
8. « L'Homme », *Le Carnaval des âmes* (1962)
9. Fantôme, *The Stone Tape* (1972)
10. Fantôme pirate, *Fog* (1980)
11. Obi Wan Kenobi, *L'Empire contre-attaque* (1980)

12. Blinky, *Pac-Man* (1980)
13. Les jumelles, *Shining* (1980)
14. La « Bête », *Poltergeist* (1982)
15. Gozer, *SOS Fantômes* (1984)
16. Bouffe-tout, *SOS Fantômes* (1984)
17. Beetlejuice, *Beetlejuice* (1988)
18. Boo, *Super Mario Bros. 3* (1989)
19. Joe Jackson, *Jusqu'au bout du rêve* (1989)
20. Sam Wheat, *Ghost* (1990)
21. LeChuck, *Le Secret de l'île aux Singes* (1990)
22. Bill, *Les Folles Aventures de Bill et Ted* (1991)
23. Ted, *Les Folles Aventures de Bill et Ted* (1991)
24. Le juge, *Fantômes contre fantômes* (1996)
25. Cyrus, *Fantômes contre fantômes* (1996)
26. Sadako Yamamura, *Ring* (1998)
27. Cycliste, *Sixième Sens* (1999)
28. Le Chacal, *13 Fantômes* (2001)
29. The Sorrow, *Metal Gear Solid 3* (2004)
30. Zepheniah Mann, *Team Fortress 2* (Halloween, 2009)
31. Mamá, *Mamá* (2008)
32. C, *A Ghost Story* (2017)
33. Agnes Dowd, *Red Dead Redemption 2* (2018)
34. Edmund O'Mara, *The Haunting of Bly Manor* (2020)

L'ÈRE POSTMODERNE

Borne de jeu d'arcade Pac-Man *(1980).*

CIMETIÈRE DE HIGHGATE

Les médias de masse que sont la télévision et les journaux ont permis de diffuser rapidement et à grande échelle des reportages sur les phénomènes de hantise. Cette médiatisation a donné lieu à la détérioration, à la fin des années 1960, du cimetière victorien de Highgate, pris d'assaut par des amateurs de paranormal, des vandales et des exorcistes autoproclamés.

Cimetière de Highgate

Londres, Royaume-Uni, années 1960

Les événements tragiques débutèrent en 1968 lorsque des profanateurs enfoncèrent un pieu de fer dans un cercueil. Des témoins ont vu des apparitions grises rôder dans le cimetière à l'abandon, des fantômes de cycliste, de nonne, de femme folle…
Certains étaient même persuadés que le cimetière abritait un vampire. D'ailleurs, un vandale décapita un cadavre avant d'y mettre le feu, comme le veut la tradition. Des chasseurs de fantômes surexcités arrivèrent alors en masse sur les lieux.

Rivalité occulte

L'exorciste Sean Manchester et l'occultiste David Farrant se sont affrontés pour mettre un terme à cette situation. Leur querelle fut largement médiatisée, ce qui continua d'attirer les foules de badauds.

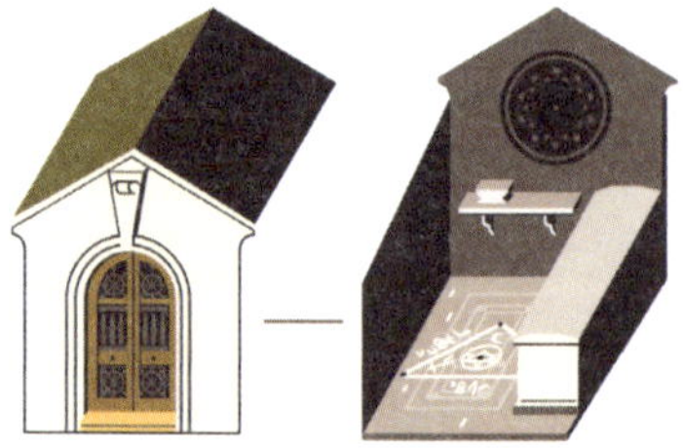

Des inscriptions cabalistiques ont été utilisées pour écarter les prétendus vampires et fantômes.

Tombes britanniques aux légendes particulières

Tombe de Hannah Courtoy,
Brompton

Selon certaines rumeurs, cette sépulture contiendrait une machine de téléportation.

Tombe de William MacKenzie,
Liverpool

Une pyramide de style égyptien. Le fantôme de son propriétaire aurait été vu à proximité.

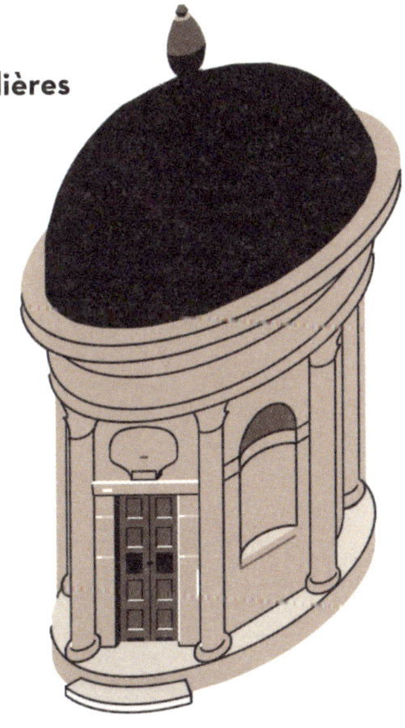

Tombe de George MacKenzie,
Édimbourg

Cette tombe a acquis une réputation de hantise après avoir été profanée à plusieurs reprises.

OBJETS HANTÉS

De nombreuses légendes décrivent ces objets comme maudits ou bien possédés par un esprit ou un démon. Ils sont souvent d'une autre époque, comme si le temps invitait les esprits à les habiter.

En 1952, les chasseurs de fantômes Ed et Lorraine Warren ont ouvert l'un des premiers musées hantés au monde, le Warren's Occult Museum. Construit à l'arrière de leur maison, il se compose d'une collection de poupées, de masques et d'autres objets maudits. En 2017, le chasseur de fantômes médiatique Zak Bagans a ouvert son propre musée à Las Vegas. Les visiteurs signent une décharge au cas où ils seraient victimes de forces invisibles !

1. 0888 88888, le numéro de téléphone hanté.
2. La célèbre peinture du château de Glamis : une fenêtre s'illuminerait d'elle-même.
3. Le miroir hanté, plantation Myrtles, Louisiane, États-Unis.
4. Le coffre hanté, un objet courant dans les légendes.
5. La cabine téléphonique hantée dans le parc de Mizumoto, Japon.

6. Le crâne hurlant, Burton Agnes Hall, Royaume-Uni.
7. *The Hands Resist Him*, connu comme le « tableau hanté d'eBay », de Bill Stoneham.
8. La chaise maudite de Busby, musée de Thirsk, Royaume-Uni.
9. Le mannequin de cire La Pascualita, Chihuahua, Mexique.
10. Amstrad PC1512 hanté, Stockport, Royaume-Uni.
11. Le diamant Hope, Musée national d'histoire naturelle, Washington, États-Unis.
12. Sabres Muramasa, Japon.
13. *Le Garçon qui pleure* : plusieurs tableaux représentant des enfants en pleurs sont réputés hantés et liés à des incendies.
14. La boîte à Dibbouk, qui renfermerait un démon.
15. Le cylindre fantôme, tour de Londres, Royaume-Uni.
16. Épée hantée : de nombreuses armes anciennes sont porteuses de malédictions légendaires.
17. La borne d'arcade du jeu vidéo *Berzerk*, États-Unis.
18. La poupée Annabelle, Warren's Occult Museum, Connecticut, États-Unis.
19. La poupée Robert, Fort East Martello Museum, Floride, États-Unis.
20. Le vase Basano, enterré en Italie.
21. La statue Black Aggie, Washington, États-Unis.
22. La momie malchanceuse, British Museum, Royaume-Uni.

VILLES FANTÔMES

Les villes désertées sont surnommées « villes fantômes ». L'abandon peut résulter de problèmes économiques, de l'environnement ou bien encore de la guerre. Ces villes ont souvent la réputation d'être hantées, même si peu de manifestations paranormales y sont rapportées. L'absence d'habitants et les dégâts causés par les intempéries font de ces villes des espaces désolés et inquiétants.

Ville fantôme de Calico, Californie, États-Unis

Dans les années 1950, cette ville minière abandonnée du Far West fut achetée et restaurée par un agriculteur passionné par l'histoire des pionniers américains, qui fit même reconstruire les bâtiments disparus. Aujourd'hui, des visites guidées sont régulièrement organisées.

Al Jazirah Al Hamra, Émirats arabes unis
Pendant plusieurs siècles, ce fut un village de pêcheurs de perles prospère, avant d'être abandonné en 1968 par ses habitants, qui se sont installés dans de plus grandes agglomérations. Malgré les rumeurs selon lesquelles des djinns la hanteraient, cette ville fantôme accueille un festival des beaux-arts à ciel ouvert.

Les « maisons-ovnis » de Sanzhi, Taïwan
La construction de cet ensemble de maisons préfabriquées a été interrompue en 1980 pour des raisons financières. Le site est réputé hanté depuis la survenue d'accidents de la route et de suicides à proximité. Selon certains, ces maisons auraient été construites sur un ancien cimetière néerlandais. Le site a été démoli en 2010.

LA DAME BLANCHE

L'une des légendes de fantômes les plus connues est celle de la Dame blanche, ainsi appelée en raison de ses vêtements blancs et flottants. Certains sociologues pensent que cette légende a été utilisée pour servir des discours sexistes, stigmatisant les échecs des femmes en tant qu'épouses ou mères. On trouve de tels spectres dans le monde entier.

La Llorona

En Amérique latine, les récits de la Llorona (la « pleureuse » en espagnol) sont très populaires. Cette légende trouverait son origine dans la période précédant la colonisation. Toutefois, les récits les plus courants décrivent ce fantôme comme celui d'une femme trahie par son amant conquistador. On raconte que la Llorona hanterait les lacs et les cours d'eau, où elle aurait noyé ses propres enfants avant de mettre fin à ses jours de la même manière.

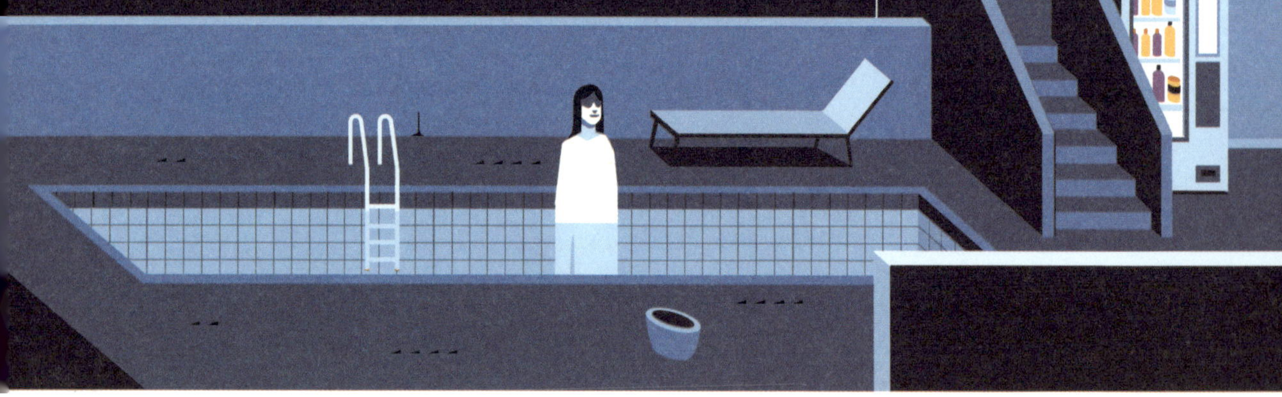

Y Ladi Wen

Légende celtique du pays de Galles, Y Ladi Wen (la « dame blanche » en gallois) est un fantôme dont le comportement varie selon les récits. Dans certaines régions, on pense qu'elle garde jalousement des chaudrons remplis de trésors, tandis que d'autres histoires la dépeignent comme un esprit errant et désespéré qui appelle à l'aide.

Witte Wieven
Aux Pays-Bas et en Belgique, plusieurs mythes décrivent les apparitions des Witte Wieven («femmes blanches»). Leurs pouvoirs sont proches de ceux des sorcières et des fées, elles pratiquent la médecine, la magie et sont remerciées par des offrandes.

Naale Baa
Une légende a agité les communautés rurales du sud-ouest de l'Inde dans les années 1990. On racontait qu'un fantôme frappait aux portes et imitait des voix humaines pour entrer. Ceux qui ouvraient disparaissaient alors mystérieusement le jour suivant. C'est pourquoi les habitants écrivaient «Naale Baa» («venez demain» en kannada, la langue officielle de l'État indien du Karnataka) sur leur porte pour repousser le fantôme.

La Kaperosa
On peut croiser la route de la Kaperosa aux Philippines. Errant indéfiniment sur le lieu de sa mort, elle est généralement considérée comme inoffensive.

L'AFFAIRE D'AMITYVILLE

Amityville
Long Island, États-Unis, 1975

Fin 1974, Ronnie DeFeo Jr, âgé de 23 ans, avoua avoir assassiné six membres de sa famille dans leur maison. Un an plus tard, George et Kathy Lutz et leurs trois enfants emménagèrent dans cette même maison. Ils demandèrent à un prêtre de bénir l'habitation, mais rapidement ils constatèrent de nombreuses manifestations paranormales et déménagèrent au bout de 28 jours.

Quelques-uns des événements paranormaux signalés à Amityville

Cochon (vu uniquement par les enfants).

Empreintes de sabots fourchus.

Mains invisibles qui agrippent.

Musique fantôme.

Portes qui claquent.

Apparitions dans des miroirs.

Ils rencontrèrent l'avocat de DeFeo. Après avoir accordé de nombreuses interviews à la presse, ils décidèrent de se rapprocher de l'écrivain Jay Anson afin de publier leurs témoignages. Paru en 1977, le livre *Amityville, la maison du diable* exagéra certains faits, comme l'évocation de murs qui saignent.

Lorsque les Lutz déménagèrent, ils proposèrent à des chasseurs de fantômes de venir explorer leur propriété. Parmi les enquêteurs figuraient les célèbres Ed et Lorraine Warren. À la suite du film *Amityville : La Maison du diable* (1979), plusieurs adaptations cinématographiques de cette affaire ont vu le jour.

Le prêtre entendit une voix fantôme.

Frénésie des chasseurs de fantômes.

PHOTOS DE FANTÔMES

Contrairement à la photographie spirite réalisée en studio au XIXe siècle, la photographie de fantômes se pratique *in situ*. Ce type d'images est obtenu à l'aide d'appareils légers, faciles à transporter. Comme les photos d'ovnis, ces clichés présentent souvent des formes floues et indistinctes. Cette incertitude suscite des spéculations passionnées lorsqu'ils sont diffusés dans les médias.

1.

2.

3.

4.

5.

6.

7.

8.

1. **Raynham Hall, Royaume-Uni, 1936**
Célèbre photo du fantôme de la Dame brune. Les sceptiques pensent qu'il s'agit là d'une double exposition.

2. **Presbytère de Borley, Royaume-Uni, 1944**
Photo de la brique flottante, portée par un fantôme – ou jetée par un ouvrier hors champ.

3. **Ipswich, Royaume-Uni, 1959**
Photo du passager fantôme d'une voiture. Les sceptiques évoquent à nouveau la probabilité d'une double exposition.

4. **Londres, Royaume-Uni, 1966**
Photo envoyée à Peter Underwood, passionné de fantômes. Il la fit analyser par Kodak, qui ne trouva aucune preuve évidente de fraude.

5. **Église de Worsted, Royaume-Uni, 1975**
Un fantôme apparemment luminescent assis sur un banc. L'effet aurait pu être obtenu par une surexposition.

6. **Amityville, États-Unis, 1976**
Photo d'un garçon fantôme prise au cours d'une enquête paranormale. Les sceptiques pensent que le sujet n'est autre que l'un des enquêteurs.

7. **Saint-Jean-de-Maurienne, France, 1955**
Documentation sur l'activité du Poltergeist. De nombreux témoins des objets volants et aucune preuve avérée de supercherie.

8. **Texas, États-Unis, années 1950 ?**
Une ombre à l'envers. Certains pensent que cette photo est un trucage datant des années 2000.

PANIQUE SATANIQUE

L'intérêt de la population pour les fantômes et les séances de spiritisme s'est rapidement heurté à l'opposition de ceux qui craignaient que ces activités attirent le diable. À partir des années 1970, aux États-Unis, des chrétiens traditionalistes affirmèrent que des adorateurs de Satan s'étaient infiltrés à la tête du gouvernement, des médias et des institutions.

Des films comme *L'Exorciste* (1973) encouragèrent la méfiance à l'égard des planches Ouija. Le jeu de rôle populaire *Donjons et Dragons* était également considéré comme dangereux, voire satanique.

Symptômes de possession

Perte d'appétit

Capacités physiques extraordinaires

Prodiges

L'exorcisme

L'exorcisme est un rituel pour chasser un esprit d'un être ou d'un lieu. Selon les traditions religieuses, les personnes possédées présentent une série de symptômes allant d'une perte d'appétit à une force physique inexplicable. La Bible décrit Jésus en train de pratiquer un exorcisme sur un homme possédé par un démon appelé « Légion ».

Dans le catholicisme, l'exorcisme a été pratiqué pendant des siècles. Tombé en désuétude jusque dans les années 1970, il fut à nouveau pratiqué en raison des affaires évoquées précédemment.

Kit d'exorcisme catholique

Prêtre

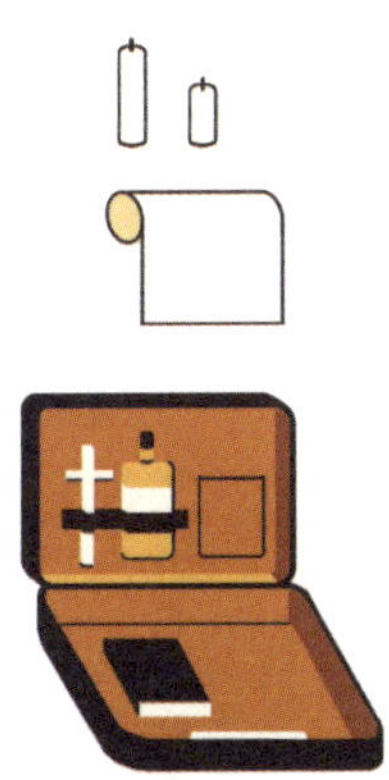

Chiffons et bougies

Eau bénite

Crucifix

Bible

CHASSEURS DE FANTÔMES DANS LES MÉDIAS

La représentation des chasseurs de fantômes dans la littérature et à l'écran est très diverse, allant de la figure du guerrier héroïque à celle du chef d'entreprise désinvolte. Le fameux film *SOS Fantômes* (1984) oppose des scientifiques en combinaison à des fantômes et des démons d'autres dimensions.

La Porte du monstre (1910)
1. Thomas Carnacki

La Maison du diable (1963)
2. Le professeur John Markway

Scoubidou (1969)
3. Scoubidou
4. Sammy
5. Véra
6. Daphné
7. Fred
8. Le van de l'équipe, la « Mystery Machine »

The Ghost Busters (1975)
9. Le gorille Tracy
10. Eddie Spenser
11. Jake Kong

Pac-Man (1980)
12. Pac-Man

Poltergeist (1982)
13. Dr Martha Lesh
14. Dr Ryan Mitchell

SOS Fantômes (1984)
15. Pack de protons
16. Ray Stantz
17. Winston Zeddemore
18. Peter Venkman
19. Egon Spengler
20. Janine Melnitz
21. Piège à fantômes
22. Ecto-1

Un cheval dans la salle de bains (1987)
23. Dirk Gently, détective holistique

X-Files : Aux frontières du réel (1993)
24. Dana Scully
25. Fox Mulder

Mona le vampire (1999)
26. Mona

Luigi's Mansion (2001)
27. Luigi

Wellington Paranormal (2018)
28. Sergent Ruawai Maaka
29. Officier O'Leary

LE XXIe SIÈCLE

Vidéo en ligne sur les fantômes (vers 2019).

CHASSE AUX FANTÔMES À LA TÉLÉVISION

Depuis le début du XXIe siècle, la télé-réalité a fortement influencé la pratique de la chasse aux fantômes.

Principalement américaines, ces émissions mettent en scène des hommes majoritairement blancs, qui mélangent enquête et divertissement. Les épisodes sont montés avec de la musique et des effets sonores lourds afin d'accentuer la tension dramatique.

Harry Price fut le premier à diffuser une chasse au fantôme en direct sur les ondes de la BBC en 1936. La popularité de la série *X-Files : Aux frontières du réel* (1993) a inspiré de nombreuses émissions sur le thème du paranormal au cours du XXIe siècle.

Présentateurs.

Équipe de tournage.

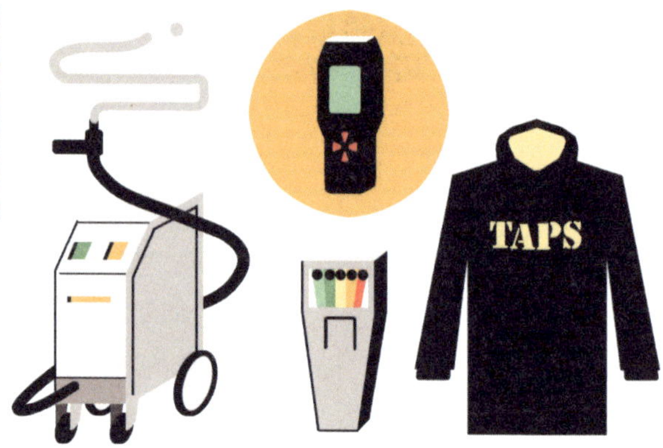

« Most Haunted » (2002 à 2019)
L'émission télé britannique présentée par Yvette Fielding a diffusé des chasses aux fantômes rocambolesques. Elle s'est rendue célèbre par son style théâtral et la participation de médiums professionnels.

« Les Traqueurs de fantômes » (2004 à nos jours)
Ce programme américain suit les enquêtes de The Atlantic Paranormal Society (TAPS) sur des lieux dits « hantés ». Il met en scène une équipe de spécialistes munie d'une impressionnante panoplie d'instruments censés détecter la présence de fantômes.

« Ghost Adventures » (2008 à nos jours)
L'émission suit le chasseur de fantômes américain Zak Bagans et ses acolytes. Enfermés de nuit dans un lieu présumé hanté, ils brandissent toutes sortes d'appareils et réagissent aux sons étranges. La série a donné lieu à des produits dérivés à succès et au musée hanté de Bagans à Las Vegas.

Exemple d'équipe pour une chasse aux fantômes télévisée

Producteurs exécutifs
Animateurs / enquêteurs
Monteurs
Rédacteurs
Producteur
Producteur délégué
Directeur de la photographie
Directeur de production

Chercheur
Coordinateur de production
Assistant monteur
Musique
Deuxième caméra
Éditeur web
Ingénieur du son
Concepteur graphique

Preneur de son
Superviseur de post-production
Conseil juridique
Coproducteur
Comptable de production
Technicien de l'équipement
Photographe de plateau
Assistants locaux

HANTISES CONTEMPORAINES

Le Ranch Skinwalker

Utah, États-Unis

Ce ranch est réputé être le lieu d'un nombre considérable d'événements inexpliqués, notamment des fantômes, des ovnis et même des créatures inconnues. En 1996, l'homme d'affaires Robert Bigelow l'acheta pour que des spécialistes de son organisation étudient ces phénomènes. Au terme de vingt ans de recherches infructueuses, le site a changé de propriétaire. Aujourd'hui, le Ranch Skinwalker, ainsi nommé en référence à une créature de la mythologie amérindienne Navajo, est une marque déposée.

L'enquête continue...

Malgré des éléments peu concluants, les rumeurs d'activité paranormale sont tenaces et font du ranch l'objet d'une série documentaire et de produits dérivés.

Aéroport Suvarnabhumi

Bangkok, Thaïlande

Ouvert en 2006, cet aéroport a acquis la réputation de lieu hanté car il est construit sur un ancien cimetière. Pendant les travaux, les ouvriers ont été confrontés à des gémissements inexpliqués et à des incidents étranges. Les autorités firent venir 99 moines bouddhistes, qui ont mené un rituel d'exorcisme de neuf semaines. Au cours des dernières heures, un homme a été possédé par un fantôme au visage bleu qui se faisait appeler « Poo Ming » et disait être l'esprit de l'ancien gardien du cimetière.

HÔTELS HANTÉS

Les hôtels qui ont connu des morts tragiques parmi leurs clients ou leur personnel sont des lieux de hantise privilégiés. Certains établissements, comme la fameuse Auberge de la Jamaïque qui a inspiré à Daphné du Maurier son roman, n'hésitent pas à en faire la promotion vu la forte demande pour leurs chambres réputées hantées.

Auberge de la Jamaïque, Cornouailles, Angleterre.

First World Hotel

Pahang, Malaisie

Bien qu'il n'ait été construit qu'en 2001, le First World Hotel, en Malaisie, est le théâtre de quelques légendes de fantômes. L'une d'entre elles raconte que des fantômes tombent d'une fenêtre en hauteur, rejouant ainsi les derniers actes de leur vie. De nombreuses histoires proviennent de forums Internet et de chasseurs de fantômes amateurs sur YouTube, où, armés des torches, ils se faufilent dans les couloirs et parkings sombres.

Hôtel Mizpah, Nevada, États-Unis.

FANTÔMES EN LIGNE

Dans les premiers temps d'Internet, les gens partageaient des légendes de fantômes par email ou sur des forums. Le développement des réseaux sociaux au XXIe siècle a facilité la diffusion de ce type de récits auprès d'un public plus large.

De nombreuses histoires de fantômes sur Internet ont débuté comme des fictions et étaient généralement illustrées d'une image effrayante retouchée numériquement.
Leur diffusion à grande échelle leur a fait perdre leur contexte d'origine et nombre d'entre elles ont rapidement été considérées comme authentiques. Les critiques contemporains qualifient cette catégorie de légendes de « folklore numérique ».

Hoax
Canular ou image réputée hantée, partagée dans les premières chaînes d'emails.

Ben Drowned
Projet multimédia qui se présentait comme un récit authentique de jeu vidéo hanté.

Appâts à clics
Internet regorge de contenus conçus pour générer des vues et des revenus. Les photos et vidéos de fantômes réputées authentiques sont des appâts à clics.

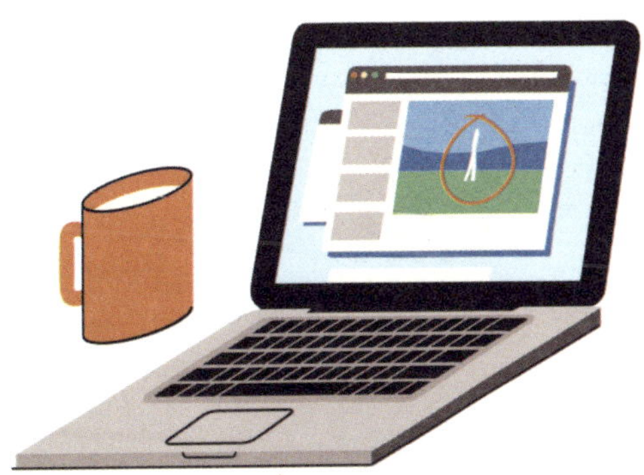

Kunekune
Des internautes ont partagé leur prétendue observation du fantôme Kunekune, qui a commencé comme une fiction sur des forums japonais.

DES LÉGENDES QUI PERDURENT

De nombreuses hantises évoquées dans ce livre sont liées à un lieu ou un événement spécifique. Cependant, certaines légendes se retrouvent aux quatre coins du monde, avec toujours de nouvelles observations ou récits rapportés.

Auto-stoppeur fantôme
L'auto-stoppeur fantôme est une légende urbaine qui a pris de l'ampleur à partir des années 1940. On ne compte plus les versions à travers le monde de cette histoire de passager mystérieux, généralement féminin. La légende a été popularisée par le livre de Jan Brunvand, *The Vanishing Hitchhiker* (1981), qui en a proposé une analyse savante.

Dans les récits les plus courants, les conducteurs charitables prennent de nuit quelqu'un en stop. L'inconnu se comporte bizarrement et disparaît au cours du voyage de manière spectaculaire – toujours au même endroit. Plus tard, le conducteur confus interroge les habitants et découvre que son passager était un fantôme.

Bloody Mary

Le célèbre fantôme Bloody Mary est lié à la catoptromancie, pratique ancestrale de divination par le miroir. Traditionnellement, on évoque son esprit lors d'un rituel en se regardant dans un miroir éclairé uniquement par une bougie. Après avoir prononcé à haute voix le nom de Bloody Mary à trois reprises, une entité est censée apparaître, soit le visage d'un futur partenaire amoureux, soit la figure menaçante du fantôme de Mary couverte de sang.

Si la catoptromancie existe depuis la nuit des temps, l'origine du fantôme de Bloody Mary est inconnue : on évoque une sorcière, une mère en deuil, une sanguinaire comtesse hongroise ou la reine Marie Ire d'Angleterre.

LES FANTÔMES À TRAVERS LE TEMPS

1. El Silbón (« le siffleur »), Venezuela
2. Fantômes d'infirmières, Cambridge, Royaume-Uni
3. Fantôme de Barbe Noire, Ocracoke, États-Unis
4. Yakshi, Inde
5. Lieutenant de sous-marin, océan Atlantique
6. Pilote de la Royal Air Force, Croydon, Royaume-Uni
7. Cavalier sans tête, Europe
8. Krahang, Thaïlande
9. Trappeur fantôme, Labrador, Canada
10. Femme qui boite, Pyecombe, Royaume-Uni
11. Chevalier noir, Fort Manoel, Malte
12. Myling, Scandinavie
13. Nang Tani, Thaïlande

14. Chevaliers d'Ålleberg, Suède
15. Pharaon, Vallée des Rois, Égypte
16. Gwishin, Corée
17. Mae Nak, Thaïlande
18. Hitodama, Japon
19. Mononoké, Japon
20. Preta, Thaïlande
21. Wraith, Royaume-Uni
22. Pocong, Indonésie
23. Ma Phae Wah (« dame au ruban jaune »), Birmanie
24. Phonegyi Thaye (« moine fantôme »), Birmanie
25. Nonne sans tête, Canada
26. Shirime (« œil de derrière »), Japon
27. Clown de Sandown, île de Wight, Royaume-Uni
28. Spadebeard, Grand marais lugubre, États-Unis
29. Viking, York, Royaume-Uni

LES FANTÔMES D'AUJOURD'HUI

De nos jours, les histoires de fantômes continuent de circuler, qu'elles soient racontées par nos amis et nos proches ou rapportées dans les livres et les médias. Et vous, cher lecteur, auriez-vous une histoire à raconter ?

Les fantômes sont au cœur des fêtes religieuses, ils nous rappellent qu'il faut honorer les morts et se méfier de l'obscurité. Ils habitent les profondeurs de la fiction pour nous faire frémir et nous ravir, s'épanouissant dans la littérature, le cinéma et les jeux vidéo. Alors que les explications scientifiques se multiplient, nombreux sont ceux qui apprécient le frisson d'une histoire glaçante. Si vous êtes assez courageux pour chercher vos propres fantômes, faites-le de manière responsable ! L'intrusion dans un bâtiment sombre et abandonné présente des dangers bien plus graves qu'un fantôme hurlant.

Finalement, le pouvoir des fantômes est d'inspirer l'enthousiasme et la peur, nous poussant à tendre des mains nerveuses vers la lumière.

J'espère que vous vous joindrez à moi en vous posant l'éternelle question : esprit, es-tu là ?

CÉLÉBRITÉS DE L'UNIVERS DES FANTÔMES

1. Joseph Glanvill (chasseur de fantômes)
2. Catherine Crowe (écrivaine)
3. Maggie Fox (médium)
4. Kate Fox (médium)
5. Leah Fox (manager)
6. Helena Blavatsky (théosophe)
7. W. F. Taylor (spiritualiste)
8. Allan Kardec (spirite)
9. Arthur Conan Doyle (écrivain et spiritualiste)
10. Harry Houdini (magicien et démystificateur)
11. Bess Houdini (épouse et assistante de Harry Houdini)
12. Rose Mackenberg (démystificatrice)
13. Rukmini Devi Arundale (danseuse et théosophe)
14. Paschal B. Randolph (spiritualiste)
15. P. T. Barnum (entrepreneur de spectacles)
16. Cora L. V. Scott (médium)
17. Eleanor Sidgwick (parapsychologue)
18. Henry Sidgwick (parapsychologue)
19. Aleister Crowley (occultiste)
20. Charles Fort (écrivain)
21. William Marriott (illusionniste et démystificateur)
22. Leafy Anderson (médium)
23. Daniel Dunglas Home (médium)
24. Harry Price (parapsychologue et chasseur de fantômes)
25. Rudi Schneider (médium)

26. Elijah Bond (inventeur du Ouija)
27. Vassily Kandinsky (peintre)
28. Doreen Valiente (sorcière et occultiste)
29. Hans Holzer (auteur et parapsychologue)
30. Peter Underwood (parapsychologue)
31. Andrew Green (auteur et chasseur de fantômes)
32. John G. Taylor (sceptique)
33. Ed Warren (chasseur de fantômes)
34. Lorraine Warren (chasseuse de fantômes)
35. Caroline Watt (parapsychologue)
36. Yvette Fielding (présentatrice TV)
37. John Spencer (écrivain)
38. Leo Ruickbie (historien)
39. Rosemary Ellen Guiley (écrivaine)
40. David Clarke (écrivain et journaliste)
41. Jason Hawes (chasseur de fantômes)
42. Grant Wilson (chasseur de fantômes)
43. Amy Bruni (chasseuse de fantômes)
44. James Randi (illusionniste et démystificateur)
45. Gaurav Tiwari (chasseur de fantômes)
46. Roger Clarke (écrivain)
47. Dalen Spratt (chasseur de fantômes)
48. Juwan Mass (chasseur de fantômes)
49. Marcus Harvey (chasseur de fantômes)
50. Philippe Baudouin (auteur et historien)
51. Ciaran O'Keeffe (parapsychologue)
52. Dan Aykroyd (acteur et scénariste)
53. Alexandra Holzer (chasseuse de fantômes)
54. Richard Wiseman (sceptique)
55. Jay Alani (chasseur de fantômes)
56. Rick Worth (écrivain)
57. Owen Watts (illustrateur)
58. Jordan Collver (illustrateur)
59. Maria J. Pérez Cuervo (éditrice)
60. Irving Finkel (historien)
61. Hayley Stevens (sceptique)
62. Rakesh Khanna (écrivain)
63. Zak Bagans (chasseur de fantômes)

GLOSSAIRE

Âme
Également appelée « esprit », il s'agit du siège de l'activité psychique et des états de conscience d'une personne.

Apport
Phénomène supposé provoqué par un esprit, qui transporte un objet d'un lieu à un autre. Il s'agit le plus souvent d'une matérialisation survenue durant une séance de spiritisme.

Chasseur de fantômes
Enquêteur spécialiste des phénomènes de hantise.

Doppelgänger
Double d'une personne vivante, souvent considéré comme un mauvais présage.

Ectoplasme
Substance blanchâtre et visqueuse matérialisée par les médiums lors des séances.

Exorcisme
Pratique religieuse, comportant certaines formules et certains gestes rituels, destinée à chasser le démon du corps d'une personne dite « possédée ».

Expérience de mort imminente (EMI)
Visions et sensations exceptionnelles perçues par des personnes dans un état proche de la mort. D'après les témoignages, ce type d'expérience est souvent accompagné d'une lumière vive.

Hantise
Lieu, personne ou objet associé à une activité paranormale fréquente ou répétée.

Hystérie de masse
Également qualifiée de « psychose collective », l'hystérie de masse est un phénomène de panique collective fondée sur la peur, des rumeurs ainsi que des impressions de menace, réelles ou imaginaires, produisant à grande échelle des illusions et des comportements obsessionnels.

Médium
Personne supposée avoir la capacité de communiquer avec les morts.

Mémoire des lieux
Théorie selon laquelle l'énergie psychique peut être emmagasinée par l'environnement, les objets et les bâtiments.

Nécromancie
Divination par l'évocation des morts.

Occultisme
Croyance aux sciences occultes et aux pratiques secrètes qui en découlent.

Paralysie du sommeil
Expérience au cours de laquelle une personne croit se réveiller mais est incapable de bouger. Souvent accompagnée d'hallucinations et d'un sentiment d'alourdissement.

Paréidolie
Phénomène psychologique d'illusion optique consistant à identifier une forme familière à travers la perception d'un paysage, d'un nuage, d'une tache d'encre, etc.

Perception extrasensorielle
Échange d'informations entre un sujet et son environnement selon des principes inconnus des sciences académiques. La télépathie et la clairvoyance appartiennent à cette catégorie.

Phénomène de voix électronique (PVE)
Enregistrement audio de supposées voix de l'au-delà, inaudibles par l'oreille humaine.

Piège à fantômes
Certains chasseurs de fantômes placent des objets dans des lieux supposément hantés afin de provoquer l'apparition des fantômes.

Possession
Personne, animal ou objet supposé être habité et dirigé par un être surnaturel et maléfique.

Psi
Abréviation utilisée dans le domaine de la parapsychologie et désignant un phénomène censé mettre en jeu le psychisme humain et son interaction avec l'environnement.

Sceptique
Personne qui étudie les phénomènes dits « paranormaux » en employant la méthode scientifique et l'esprit critique.

Séance de spiritisme
Pratique rituelle consistant à mettre en relation un médium et des personnes avec le monde des morts au moyen de l'évocation des esprits.

Télépathie
Transmission de pensées d'une personne à une autre en dehors de toute communication par les voies sensorielles connues.

Vie après la mort
Concept religieux désignant le séjour des âmes après la mort.

Voyage astral
Selon plusieurs courants ésotériques, le voyage astral désigne une expérience de « sortie hors du corps », à l'occasion de laquelle l'esprit humain, alors dissocié du corps physique, pourrait vivre une existence autonome et explorer librement l'espace environnant.

Le New Amsterdam Theatre, salle de spectacle réputée hantée, New York, États-Unis.

FILMOGRAPHIE

Rendez-vous avec la peur (1957)
Réal. Jacques Tourneur
Film

Les Innocents (1961)
Réal. Jack Clayton
Film

Le Carnaval des âmes (1962)
Réal. Herk Harvey
Film

La Maison du diable (1963)
Réal. Robert Wise
Film

Scoubidou (1969)
Réal. Joseph Barbera & William Hanna
Série TV d'animation

The Stone Tape (1972)
Réal. Peter Sasdy
Téléfilm

L'Exorciste (1973)
Réal. William Friedkin
Film

House (1977)
Réal. Nobuhiko Ôbayashi
Film

Shining (1980)
Réal. Stanley Kubrick
Film

Evil Dead (1981)
Réal. Sam Raimi
Film

Poltergeist (1982)
Réal. Tobe Hooper
Film

SOS Fantômes (1984)
Réal. Ivan Reitman
Film

Beetlejuice (1988)
Réal. Tim Burton
Film

L'Exorciste, la suite (1990)
Réal. William Peter Blatty
Film

Fantômes contre fantômes (1996)
Réal. Peter Jackson
Film

Les Autres (2001)
Réal. Alejandro Amenábar
Film

Coco (2017)
Réal. Lee Unkrich
Film d'animation

Ghost Stories (2017)
Réal. Jeremy Dyson
Film

The Haunting of Hill House (2018)
Réal. Mike Flanagan
Série

Ghosts (2019)
Réal. Tom Kingsley
Série

The Haunting of Bly Manor (2020)
Réal. Mike Flanagan
Série

INDEX

ELEANOR SIDGWICK
LE MONDE DES VIVANTS
SUMMERLAND
LES ENDEUILLÉS
LES ÉTRANGERS
SOCIETY FOR PSYCHICAL RESEARCH
Ψ
Est. 1882
YES
OUIJA
NO
ABCDEFGHIJKLM
NOPQRSTUVWXYZ
OU
1234567890
GOOD BYE
TABLE PARLANTE
MISE EN SCÈNE
TABLE TOURNANTE,
CABINET SPIRITE
A
APPORTS
MAGIE
MANIFEST-ATION
PRESBYTÈRE DE BORLEY
33
CARTES ZENER
PHARE DE ST AUGUSTINE
TENUE DE SÉANCE